光文社文庫

長編推理小説

リゾートしらかみの犯罪

西村京太郎

KOBUNSHA

光　文　社

目次

第一章　その時、高校生だった

1

ゴールデンウィークが終わってすぐの五月十二日の深夜、世田谷区北沢《せたがやきたざわ》の住宅街で火災が発生した。テレビのニュース的に表現すれば、「火勢が強く、鎮火までに三時間以上かかり、火元と思われる二階建ての家屋の他、延焼で合計五軒の家屋が焼失した。その後焼け跡から男女の焼死体が発見されたが、連絡が取れない津村利一郎《つむらりいちろう》さん五十八歳と、妻の千枝子《ちえこ》さん五十七歳と思われる。この夫婦と長男の津村進《すすむ》さん二十八歳（独身）が住んでいた家から発火し、息子の進さんとは現在連絡が取れずにいる。なぜ、火災が発生したのか、警察は現在、連絡の取れていない津村進さんから事情を聞くことにしている」。

翌日のテレビニュースになると、事態は深刻になっていった。二体の焼死体を司法解剖した結果、ロープ状の物で、首を絞められていることがわかったからである。こうなると、当然犯人が、津村夫妻を絞殺したあと放火したという疑いが濃くなってきた。この時点で、まだ息子の津村進と連絡が取れずにいた。世田谷署に捜査本部が置かれ、この殺人放火事件の捜査を担当する十津川《とつがわ》警部と、部下の刑事が、本部に入った時、十津川も部下の刑事たちも、浮かない顔をしていた。それは、彼らが津村進という男をよく知っていたからである。

実は、十津川班では、若手の西本《にしもと》刑事がある事件で殉職した。犯人に殺されたのである。この事件は他の刑事たちで解決し、西本刑事の仇《かたき》を取った形になったが、その西本刑事の後釜《あとがま》として、同じ年齢の、二十八歳の津村進刑事が十津川班に、まわされて来ることになっていた。若手で優秀な刑事ということはわかっていたが、それが、今回の殺人放火事件では、容疑者の一人になってしまったのである。十津川もそのことにショックを受けていたが、他の刑事たちも、同じようにショックを受けていた。刑事も人間である。したがって、相手に対して憎しみを抱くこともある。ひょっとすると今回の殺人放火事件は、津村刑事が父と母を殺して放火し、逃亡したのかもしれない。その疑いが一パーセントでもあれば、その捜査もやらなければならなかった。

「津村刑事は、どこに行ったんだ？」

十津川は、津村と同い年の若い日下《くさか》刑事にきいた。日下刑事は、殉職した西本刑事とコンビを組んでいた刑事である。

「私がきいた話では、津村刑事は新しく捜査一課に入ることになって、休暇が取りにくくなるだろうから、今の職場に三日間の休暇を願い出て、旅行に、出かけたそうです」

「それなら、連絡が取れるんじゃないのか？」

「それがですね、彼は旅行に出る時は、仕事のことも親戚知人のことも忘れて、一人になりたい。そこで、携帯の電源も切って、行く先も告げずに出発するというのです。今回も同じで、彼がどこに行ったのか知っている者はおりません。私は彼の携帯の番号を知っているので、何回もかけてみたのですが、かかりません。今言ったように、携帯の電源も入れず、行く先も告げずに一人で、旅行に出かけたと思われます」

日下が、いう。

「しかし、旅行先で、新聞やテレビを見れば、放火殺人で、両親が亡くなったことが、わかる筈だ。それなのに、どうして連絡してこないんだ？」

「たぶん、今言ったように、津村は旅行の時くらいは、完全な孤独を味わいたいそうですから、人のいないような場所を選んで、旅行に出かけたんじゃないかと思います。旅先ではテレビも、見ないんだろうと思います。ただ三日間の休暇ですから、明日には、帰ってくると思います」

「帰ってくればいいがな」

十津川は、声を落として、いった。十津川はもちろん、津村進が今度の事件の犯人ではないと、信じてはいるのだが、万一ということもあった。刑事も人間だから、今までに殺人を犯して逮捕された者もいる。そんなことが頭に浮かんで、十津川は、黙ってしまった。

2

五月十四日の、午前九時過ぎに、捜査本部の十津川に電話がかかった。

「津村ですが、今新聞を見て、びっくりしているところです。放火殺人で両親が死んだのは本当ですか？」

男の声がきく。間違いなく、十津川が知っている津村の声だった。

「本当だよ。放火殺人で私たちが今、世田谷署に、捜査本部を置いて、捜査している。君にも、協力してもらいたいから、すぐ帰って来い。世田谷警察署だ」

「私がこれから出て行くと、容疑者になる訳ですか？」

「私はそうは思わないが、マスコミは刑事が容疑者だというので、おもしろがって騒いでいるんだ。だから、マスコミに追い回されるぐらいは覚悟して、早く帰って来い」

「あと一時間で、世田谷署に着くと思います」

といって、津村は電話を切った。

正確に一時間後、また電話がかかった。

「捜査本部の前に、テレビ局の中継車が停まっているので、入ることができません。私を狙って写真を撮ろうとするに決まっています。世田谷署の玄関でつかまって大騒ぎになれば、迷惑をかけてしまいます。どうすれば、よいでしょうか？」

津村がきく。

「それでは、外で会おう。君にいろいろとききたいこともある」

と、十津川はいい、世田谷署から、歩いて七、八分ほどのところにあるカフェを指定した。その後、十津川は、亀井《かめい》刑事を連れて、そのカフェに向かうことにした。

警察署を出たところで、顔見知りの、新聞記者に、つかまったが、何とかごまかし、わざと大きく迂回《うかい》して、約束したカフェに入っていった。

津村は先に来て、店の奥のテーブルで、帽子を被り、サングラスをかけたままの恰好だった。亀井がウェイトレスに、三人分のコーヒーとトーストを頼んだ。少し早めの昼食のつもりだったし、少しでも、津村の気持ちを和ませたかったのだ。

十津川は、単刀直入に、きいた。

「どこに、旅行していたんだ」

「青森県です。前に乗った五能線《ごのう》が懐かしくて、もう一度乗りに行ったんです」

と、津村が、答える。

「出かけたのは、五月十二日か？」

「十二日に、早めの朝食を済ませてから、出かけました」

「ご両親と、最後に、どんな話をしたか、覚えているか」

「父は、長年勤めた会社を辞めてしまっているので、一緒に、連れて行こうと思っていたんですが、元々、心臓が弱くて、今度の退職も自分では『心臓が弱いため』ということを理由にしていたくらいですから、『行けそうもないので、お土産《みやげ》を頼む』といわれたのは覚えています」

「君の父親が、長年勤めた会社を退職した。そのことで君とお父さんが口喧嘩《くちげんか》をした。それが放火殺人の原因じゃないかと考えているマスコミもいるんだ。お父さんが会社を辞めたのは、上司と喧嘩をしたからだという話も聞いたが、本当か？」

「父はそのことを、詳しく話してくれないのですが、会社の方針と、自分の考えが合わなくて、上司と、喧嘩をして辞めたのは、本当らしいです」

と、津村が、いった。

十津川は、コーヒーをゆっくりと飲んでから、厳しい顔になって、

「全面的に君が無実だと信じている。と、いいたいところだが、捜査の上ではそういう感情的な考えは許されない。したがって、君が、犯人の可能性も十パーセントはあると思っている」

「私もその方が、気が楽です。お前を信じている、頑張れみたいなことをいわれると、それに縛られてしまって、自分の考えや自分の権利を、いうことができませんから。十パーセント、けっこうです」

「そこで質問だが、五月十二日の朝、朝食を食べてから君は出発した。どんなルートを使って、五能線に、乗りに行ったんだ」

「飛行機は苦手なので、東京駅から新幹線で新青森に向かいました」

「誰にも、五能線に乗りに行くということは、話していないね？」

「旅行に行くことを知っている者は、何人かいますが、行く先は、誰にも知らせておりませんし、いつものように、携帯は電源を切って出発しました。大袈裟《おおげさ》にいえば、世間というか、社会と、連絡を絶って、一人だけの孤独な旅行を、楽しみたかったのです」

「新幹線は、自由席か？」

「そうです。指定席に乗ると、知り合いが車内にいたときに隠れられませんから。新青森からは奥羽《おうう》本線で、五能線の出発駅である川部《かわべ》まで、行きました」

と、津村が、いい、十津川は、持ってきた時刻表を開いて、東北地方の地図を、広げた。確認するように、

「奥羽本線の『川部』駅だね」

「そうです。そこが、上りの五能線の、出発点ですから。そこから日本海側に出て、景色を楽しみたかったんです」

「確か、五能線は、観光客が多くなって、快速列車も走っているんじゃないか。それに乗ったのか？」

「違います。帰りは観光列車というのか、快速列車『リゾートしらかみ』に乗って、帰りましたが、行きはゆっくりと、日本海沿岸の景色を楽しみたかったので、普通列車に乗りました。ディーゼルカーです」

「それで、どこまで、行ったんだ？　なぜ快速に乗らなかったんだ？」

「初めて五能線に乗ったのは、高校二年の春休みです。そのころの五能線は、東北の小さな路線だったんです。不老ふ死温泉は、湯治《とうじ》の客が、主なお客さんで、いつ行っても予約

なしで、泊まれるような、いわゆる秘湯だったんです。そのころの思い出があったので、帰りは、快速を使うことにして、行きは、やはり、普通列車に乗るつもりでした」

「普通列車に乗って、どこに行ったんだ」

「今は、観光客の多くが、『深浦《ふかうら》』という駅に降りるそうです。そこからバスがどこにでも出ているそうで、もちろん、不老ふ死温泉にも出ています。大きな駅としては、もう一つ『鰺ケ沢《あじがさわ》』がありますが、私は今も言ったように、高校二年の時の思い出があるので、『深浦』にも『鰺ケ沢』にも降りる気はなくて、『艫作《へなし》』という駅で降りました」

「ああ、この難しい字を書く、駅だろう。艫作で降りて、そこから、車で不老ふ死温泉まで行ったのか？」

「艫作で降りたのは、私ひとりでした。携帯は使わず、近くの家の電話を借りて、不老ふ死温泉に電話して迎えに来てもらいました。実は、高校二年の時にも、艫作で降りたんですが、バスもタクシーもなくて、不老ふ死温泉に電話して、車で迎えに来てもらったのを思い出したからです」

「鰺ケ沢や、深浦で降りずに、艫作にしたのは、高校二年の思い出の他に、理由があったのか？」

「第一は、日本海の景色を楽しみたかったからです。鰺ケ沢は、五能線に乗ってすぐの駅ですし、深浦は今も言ったように大きな町になってしまって、日本海を走るひなびた列車という感じが、ないので、小さな艫作にしたんです」

「それで、不老ふ死温泉から迎えが来てくれたのか」

「少し待ちましたが、来てくれました」

「しかし、昔は湯治場で閑散としていたというが、今は、有名な人気の温泉になってしまったじゃないか？」

「そうなんです。ただ、ゴールデンウィークが終わった後だったので、お客はあまりいなかったようで、それで、艫作から電話した私を迎えに来てくれたんだと思います」

「それで不老ふ死温泉に行ったんだね？」

「行きました。高校生で初めて、あの温泉に泊まった時のことを考えると、やたらに大きくなって、建物も立派にかわっていて、複雑な思いでしたが、今も言ったように、ゴールデンウィークの後なので、空《す》いていて、予約をしていなくても泊まれました」

「不老ふ死温泉では、知った人間には会わなかったのか？」

「少なくとも、私は知っている顔には会いませんでした。もし知り合いに会ったら、すぐ逃げ出そうと思っていたんですが」

「それで不老ふ死温泉に一泊した。次の十三日は、どうしていたんだ？」

「不老ふ死温泉で朝食を済ませてから、とにかく日本海沿いの道を歩きました。あまりにも便利になってしまって、快速が何本も走ったり、バスの便がよくなったり、トタン張りだった漁村の屋根が、真新しいプレハブ住宅になったり、瓦屋根になったりして、豊かになっていて、それはそれでうれしかったんですが、日本海の荒波や、つつましい漁村のたたずまいが見たかったので、何となく腹が立って、それなら、バスにも列車にも乗らず、とにかく歩こう、一日中歩こうと思ったんです。海岸沿いを闇雲《やみくも》に歩きました。夜になるとまだ寒いようですが、昼間は天気が良くて、日本海から吹き付けてくる風も、気になりませんでした。ほとんど丸一日、歩いていました。疲れましたが、爽快でした」

「どこまで歩いたんだ？」

「駅でいえば、『十二湖《じゅうにこ》』まで歩きました。その後、『リゾートしらかみ』を使って、川部まで戻って、小さな旅館に泊まりました」

「不老ふ死温泉から十二湖まで歩いたのか」

「そうです」

「その間に知った人間に会わなかったのか？」

「会いませんでした。観光客も贅沢《ぜいたく》になっていて、歩いている人は、あまりいませんでしたね。バスに乗るか、列車に乗るかしているので。私の方は、一人で歩いていました」

「今日は、旅館で眼を覚まして、それからどうしたんだ？」

「沿線の景色は昔のままで素晴らしかったんですが、周辺の旅館や列車が、すっかり変わってしまっていて、その点は、がっかりしました。それで早く帰ろうという気になって、始発で帰ってきました。東京駅に着いて、家に電話したんですが通じません。変だなと思って、何気なく新聞を見たら、火事で、両親が死んだと出ていたんです。びっくりして警部に電話したんですが」

「ちょっと待っていろ」

十津川は、津村にいって、店を出て、中央新聞の社会部の友人、田口《たぐち》に、電話してみた。

「十津川だが」

というと、相手は、

「今どこにいるんだ。君にぜひききたいことがあるんだ」

と、いう。

「津村刑事の件だろう」

「そうだよ。西本刑事が、殉職して、その代わりに今度来ることになった刑事は、同い年で、西本刑事に負けず劣らず優秀な刑事だ。だから楽しみだと、前に君にきかされていた。どんな刑事だと想像を巡らせていたら、びっくりしたのが、あの殺人放火事件だよ。うちの新聞では、両親を殺して放火したのは、一人息子の津村進だという声が多いんだ。つまらないことで喧嘩になり、両親を殺して姿を消す息子とか、娘の話が多いからね。それもあって、うちの記者の大部分は長男の津村進の犯行だと思っている。それでなくとも最近の警察は、勉強が足らずに、ミスばかりやっているから、この辺で叩こうと、待ち構えている記者もいるんだよ。そんな記者たちが、津村刑事を見つける前に会いたいと思っているんだ」

「実は、私も、彼が今、どこにいるかわからないんだ。連絡が、なくてね」

と、嘘をついて、十津川は電話を切った。その足でカフェに戻ると、津村に、今の電話を、そのまま伝えた。

「新聞は、間違いなく現役の刑事が、親殺しの犯人なら面白いと思って、待ち構えている。したがって、このまま君を連れて、捜査本部に戻って、見つかったら、君は間違いなくマスコミに袋叩きに遭ってしまうだろう。だからしばらく、わたしたちが、真犯人を見つけるまで、姿を隠していてくれないか」

と、伝えた。

「それでは、もう一度、旅に出てきます」

と、津村は、いう。

「身を隠すための旅行なら、辺鄙《へんぴ》なところへ行った方がいいな。君の方から一日一回は、私に電話をすること。それなら、姿を消すのもいいだろう」

と、十津川は、いった。

「姿を消しますが、逃げる訳じゃありません」

と、津村は、続けて、

「私が、これから行きたいのは、五能線です。もう一度、五能線に乗ってみたいんです」

「しかし、今の君には、そんな余裕はないはずだろう。姿を見せれば、マスコミの恰好《かっこう》のエジキになってしまう。逆に姿を隠せば、疑いが濃くなってくる。マスコミは、そんなふうに、君を扱うはずだ」

「それでもかまいません」

「しかし、どうしてもう一度、五能線に乗りたいんだ」

「今回、私の両親を殺して放火した犯人は、たぶん、私が、三日間旅行に行くことを知っていたんだと思うのです。私の留守を知っていて、犯人は私の家に侵入して両親を殺したんです。もし私がいれば、当然、犯人に抵抗しますから、簡単には、両親は殺せないはずです。父は心臓が悪くて、それで、会社を辞めたくらいですから、犯人が若いか、力があれば、抵抗は出来なかったはずです。母も小柄で、性格的にも犯人と戦えるとは思えません。

つまり、どう考えても、私が旅行に行くことを知っていて、その留守を狙ったとしか思えないのです。今回十一年ぶりに五能線に乗ったり、五能線の周辺を、歩いてきましたが、私自身は知った顔には、出会わなかった、と思っていますが、私は知らなくても、私のことを知っている犯人がいて、五能線で私を見掛け、間違いなく、旅行に来ていることを知って、東京にいる共犯者に、電話で知らせたのかもしれません。そして共犯者が、両親を殺して火を点けたのかもしれないと考えるようになっています。そこで、私としては、逃げるのではなくて、もう一度、今回旅行したのと同じルートで、五能線に乗ったり、歩いたりしてみたいのです。何か思い当たることがあるのではないかと期待しているんです。事件解決のヒントになるような物を見つけられるかもしれません」

「それなら賛成だ」

十津川が応じた。津村はポケットからメモ用紙を取り出して、十津川の前に置いた。

「殺された両親のことを考えてみたんです。私にとっては素晴らしい父親であり、母親でしたが、犯人にとってはそうじゃなかったのかもしれません。そこで、私が知っている両親について、正直に書き出してみました。これにしたがって、捜査を進めてみてくれませんか」

「もちろん、調べて、今回の事件の動機を見つけることにする。君も賛成のようだから、君の両親を調べるのが、楽になった。さっそく今日から、このメモにしたがって、君の両親について調べてみるよ」

「金は持っているか？」

亀井がきくと、津村はニッコリして、

「大丈夫です。いつもキャッシュカードは持ち歩いていますから」

十津川たちは、津村をカフェから先に出してから、間を置いて捜査本部に戻った。

3

捜査本部の前には、テレビ局や新聞社のカメラマンや記者たちが、十津川を待っていて、その代表者が、要求した。

「津村刑事は、西本刑事の代わりに、捜査一課の十津川班に来ることになっていたと、きいていますが、その刑事が、両親を殺して、自宅に放火した容疑者になっているんですよ。この件について、すぐ記者会見を開いてくれませんか」

記者会見を開かないと、引き揚げない雰囲気だったから、本部長の三上《みかみ》の許可を得て、

テレビ、新聞社の代表に、記者会見を行うことにした。その時、真っ先に出た質問が、

「今回の事件で、津村刑事を犯人だと思っているのか」

というものだった。

「犯人とは、思っていませんが、容疑者の一人とは思っています。被害者夫婦の息子ですが、当然、容疑者の一人です。津村刑事が、何かのことで、意見が合わなくて、両親を殺した、ということも、考えられるからです。しかし、この想像は、百点満点で十点です」

「ところで、肝心の津村刑事は、今どこにいるんですか？　電話をかけてきたことはないんですか？」

「ノーです。津村刑事は、孤独を楽しむために、旅行に出るのだといつもいっていて、旅行に出る時は、友人知人、あるいは、家族とも連絡は取らないことにしていて、携帯の電源も入れないということですから、現在も私は、彼がどこにいるのかわかりません。向うからも、連絡してきておりません」

十津川は、嘘をついた。案の定、記者の一人が、喰ってかかってきた。

「そんな話は、全く信じられませんね。事件が起きてから、すでに丸二日経っているんですよ。容疑者になっている、津村刑事の方から、十津川警部に、連絡が来ていると、我々は確信しています。正直に話してくれませんかね。連絡してきた時に、どんな話を交わし

たのか、それを、記事にしたいんですよ。もちろん、十津川警部が、津村刑事を、信用しているという言葉も、記事に入れますよ。冷静に見れば、津村刑事は、自ら姿を隠して、容疑を濃くしているんですよ。このままなら、我々マスコミは、どんどん津村刑事を追い詰めていきますよ」

と、記者がいう。その記者に対して、十津川は、

「逆に記者さんたちに、ききたいんだが、津村刑事は犯人ではない、無実だと考える人は、いないんですか？　もしいたら、手を挙げてくれませんか？」

と、呼びかけた。集まっている記者や、カメラマンは、誰一人、手を、挙げなかった。

そのことに十津川は、苦笑して、

「手を挙げる人はいませんでしたが、津村刑事を百パーセント犯人だと思っている訳じゃないでしょう？　刑事が犯人、あるいは、容疑者の方が記事がおもしろくなるからじゃありませんか？　刑事たちの間で、よくいう言葉があるんですよ。『市民はいつも、刑事の悪口をいっているが、事件があれば、刑事以外に市民の安全を守る者はいない』」

と、いった。すかさず、テレビ局の記者が、眉を寄せて、

「それは、どういう意味ですか？」

と、きく。

「刑事というのは、いつも嫌な役回りだということですよ。いつもは、無関心なのに、いざとなれば皆さんは、刑事を頼り、モタモタしていれば、蹴とばすじゃないですか」

「十津川さんは、百パーセントのうち、九十パーセントは津村刑事を信じていると、いいましたね。それはただ、刑事仲間だというだけの理由ですか？　それとも何か九十パーセント犯人ではないという証拠でもつかんでいるんですか？　もう一つ、津村刑事が今、どこにいるか知っていて、会おうと思えば会えるという訳ですか？」

「今もいったように、現在、津村刑事からは、全く連絡がありません。旅行には一人で出かけ、連絡は取らない主義だからです。我々としては、津村刑事を含めたすべての容疑者について捜査するつもりです。身内だからといって、甘く見ることはありません」

と、十津川は、いった。

「先ほどから、津村刑事とは、全く連絡が取れないということですが、本当に、連絡はないんですか？」

「何度もいいますが、連絡はありません」

「それなら逆に、彼が犯人だと、思うんじゃありませんか？」

「マスコミのみなさんは、そういうふうに解釈するでしょうね。しかし、我々、警察の人間は、少し違います。彼から、連絡がないのは、連絡ができないような状況に、置かれているか、自分の無実を、証明しようとして、必死で、動き回っているかのどちらかだと考えるのです」

「しかし、津村刑事が、犯人ではないと思っていても、呼び出して、話をきくのが、筋ではありませんか？　十津川警部が、津村刑事に呼び掛けたらどうですか？　喜んで、紙面を提供しますよ。早く出てきて、記者会見を、開け。それをしないと、ますます、疑われるぞ、と。これを十津川警部の言葉として、載せてもかまいませんよ」

「これから、我々は、全力を挙げて、この事件を捜査します。その結果として、津村刑事の無実を証明することになるか、逆に彼が犯人であることが明らかになるか、どちらになっても、必ず記者会見を開いて、みなさんに、御報告します」

十津川は約束して、記者会見は、終了した。

4

翌日から、十津川たちは、全力を挙げて、殺された津村刑事の両親・津村利一郎五十八歳と、津村千枝子五十七歳の二人について、調べ始めた。目的は動機の発見である。十津川は、津村が書いたメモをコピーして、刑事全員に持たせた。刑事たちが、聞き込みに走る。その報告を、十津川と亀井が、捜査本部に残ってきき、次々に黒板に書きつけていく。

津村利一郎と妻の千枝子は、二人とも青森県弘前《ひろさき》市の生まれである。二人とも、弘前の小・中・高校を卒業した。その後、津村利一郎は、弘前の大学を卒業し、東京に出て、S自動車に就職。妻の千枝子は、地元弘前の短大を出て、弘前から離れず、両親の経営する旅館の仕事を手伝っていた。もちろんそのころはまだ、二人は知り合ってはいなかった。

その後、津村利一郎は、二十八歳でS自動車の主任に昇格。その時、弘前にできた支社に用があって、出向いた時、千枝子の両親がやっていた弘前の旅館に一泊している。これが最初の二人の出会いだった。

「弘前ですか！」

と、若い日下刑事が、声を出した。

「何だ？」

十津川が、きく。

「今、時刻表を見ているんですが、五能線の青森側の終点は、一応『川部』になっていますが、普通列車も快速列車も、すべて弘前まで行っています。川部までを『五能線』といいますが、時刻表を見ると、終点は『弘前』になっています。川部から弘前までは、十五、六分です」

「そのことが、今度の事件と何か関係あると思うのか？」

「わかりませんが、調べてみたいと思います」

日下が、いった。


弘前市は、津軽《つがる》氏の城下町として発達した。

一八九八年の陸軍第八師団設置後、第二次世界大戦終結まで、軍都だった。

戦後は、国立弘前大学ほか、三大学、三短期大学のある、文教都市になった。

奥羽本線、弘南鉄道、東北自動車道が通じている。

青森りんご、津軽米の産地で、弘前城は、さくらの名所でもある。

八月は、ねぷた祭。人口は、十七万七千人。

こうした言葉による説明以上のものを、津村は、弘前の町に感じていた。

両親は、弘前の生まれだし、今も、親戚が弘前に暮らしている。

母の両親が経営していた弘前城近くの旅館は、今も、母の姉夫婦が経営していた。

そして、今、津村は、弘前駅に来ていた。

母の姉夫婦がやっている旅館「ひろさき館」の様子を知りたくて、弘前に降りたのである。

しかし、今は、訪ねていく気はなかった。自分が、両親を殺した容疑者になっていることは、よくわかっていたし、訪ねていけば、迷惑をかけることも、わかっていたからである。

両親を殺した犯人の動機はまったくわからない。

ひょっとすると、思いもかけないところに、動機が、隠されているかもしれないのだ。

弘前の「ひろさき館」は、関係のある人間の中では、もっとも動機の薄い親戚だった。

津村一家が、東京に引っ越してからは、つき合いが薄くなった。

津村から見て、伯母にあたる母の姉からは、折にふれて、泊まりに来ませんかと言われていたのだが、津村たちは、今までに一回しか、泊まりに行っていない。

理由の一つは、温泉がないことだが、一番の理由は「ひろさき館」に来た、お婿《むこ》さんへの遠慮だった。小さな旅館なので、お婿さんの来手はないと言われていたのに、やっと来てくれた、ということで、どうしても遠慮が生まれてしまうのである。

津村は、直接、「ひろさき館」を訪ねたりはせず、近所で、この旅館の評判を聞いて過ごすことにした。

近所の噂《うわさ》は、あまり芳《かんば》しいものではなかった。

「旅館の経営は、大変らしいですよ」

「何しろ、温泉が出ないから、売り物がないんですよ」

「そのせいで、ご夫婦仲も、よくないようですよ」

「ご主人が、銀行から借金をして、旅館の大改造をしたいといったら、奥さんが大反対して、今も、仲が悪くなったままだそうですよ」

津村は、「ひろさき館」の近くのカフェに張り込んで、数時間、客の出入りを観察した。

しかし、泊まり客の出入りは、一人もなかった。

津村の入ったカフェのオーナーが、「ひろさき館」のことを昔からよく知っているというので、このオーナーから、話を聞くことにした。

「ほとんど、客の姿がありませんが、あの旅館は、大丈夫なんでしょうか？」

と、きくと、

「みんな、あれでは、間もなく、潰《つぶ》れるだろうといってるんですが、不思議に、潰れないんですよ。弘前の七不思議の一つです」

「ご主人から見て、不思議ですか？」

「大不思議です」

「どうして、潰れないんですか？」

「それが、わからない。いろいろ噂はありますよ。ご主人の方が、あぶない仕事に手を出していて、旅館業の方は、目くらましで、儲《もう》からなくてもいいんだとかね」

結局、わからないのである。

時間を潰してしまったので、津村は、この日は、弘前で一泊し、翌日、弘前から、五能線に乗ることにした。

5

いつも、旅行では、携帯の電源は入れていないが、今回は、十津川から別の携帯を持たされていた。

「犯人が、どんな人間かわからないが、君を監視している気がするんだよ。それに、今度は、犯人探しの旅だから、前よりも、何倍も危険だと思う。だから、用心のために、携帯が通じるようにしておけ」

と、十津川がいって、持たされたのである。

今日も、ゴールデンウィークを過ぎたウィークデイなので、車内は、空いていた。

快速ではなく、普通である。

窓の外の日本海に目をやっていると、突然、携帯が鳴った。

一瞬、ぎょっとしてから、十津川の話を思い出し、ポケットに手を入れて、携帯を取り出した。

「私です」

と、いったのは、相手が、十津川だと思っていたからだった。

しかし、

「津村だね？」

という声は、十津川ではなかった。

「そっちは、誰なんだ？」

と、津村が、きき返す。

（なぜ、こっちの番号を知っているんだ？）

と思いながらの会話だが、男の声は、いやに冷静だった。

「私の名前を詮索なんかするより、自分の心配をしろ。そっちからは、私がわからないだろうが、こちらは、君が東京を出発してから、ずっと監視している。日本海の景色を堪能《たんのう》したら、さっさと東京に帰りたまえ。君まで殺したくないからね」

「両親を殺したのは、お前か？」

その質問に返事はなく、電話は切れてしまった。

津村は、一瞬、声の切れた携帯を見詰めていた。

気を取り直すと、デッキに出て、十津川の携帯にかけてみた。

「十津川だ」

と、相手が出た。間違いなく、十津川の声である。

「津村ですが、今、五能線に乗っています。上りの普通ですが、犯人と思われる男が、電話してきました。警部にお借りした携帯の番号を向こうは、知っているんです」

と、津村が、いった。

「おかしいな」

と、十津川が、いう。

「どうして、犯人は、その携帯の番号を知ってるんだ？」

「私も不思議な気がしています」

「その携帯は、島田《しまだ》刑事のものを、一時借りて、君に持たせたんだ。だから、帰京したら返してもらいたいんだが、一回切ってくれ。私の方から、島田刑事の番号に、かけ直す」

と、十津川が、いった。

津村は、携帯を切り、十津川が、かけてくるのを待った。

一分、二分、津村の持つ携帯は鳴らない。五分、七分。

我慢しきれなくなって、津村の方から、もう一度、十津川にかけた。

「警部の方から、かかってきませんが」

「やっぱり、かからないか。何回も、かけたんだがね。今、君が持っている携帯は、私が貸したものと違うんだろう。そう考えないと、辻褄《つじつま》が合わない」

「しかし、私は、警部が貸して下さった携帯しか持ってきていませんが」

「機種はわかるか？」

「アイフォンの6Sです」

「機種は、同じだな。しかし、島田刑事のものじゃない。どこかで、すり替えられたんだ」

「しかし、すり替えられたという気はしませんが」

「ちょっと待て」

と、十津川は、いったあと、

「東京で会ったとき、君は、レインコートを持っていたね？」

「まだ、青森は寒いだろうと思って、コートを持っていたんですが」

「そっちで、着たのか？」

「弘前駅のホームで、五能線を待っているとき、雨が降りそうで、肌寒かったので、コートを羽織《はお》りました」

「あの形のレインコートは、私も持っていたが、少し古くて、大きなポケットが左右についているだろう？」

「ついています」

「コートを羽織ったあと、携帯をポケットに入れたんじゃないか？」

「入れました。鳴ったらすぐ、取れるようにです」

「じゃあ、すり替えられたんだよ」

「しかし、そんな感じはありませんが」

「弘前のホームで、五能線を待っていたんだろう。たぶん、その時、君は何かに気を取られた。その瞬間、携帯をすり替えられたんだと思うね。心当たりはないか？」

「――――」

津村は、黙って、考え込んだ。

(何があったのか？)

「思い当たることは、ないのか？」

と、十津川が、催促する。

「ホームで、待っていた時、近くで、大きな声で、話している男がいたんです。男二人です。東京で、私の両親が殺され、放火された事件を声高《こわだか》に喋《しゃべ》っていたんで、つい気になって、彼らの話をきいていました」

「どんな話をしていたんだ？」

「男二人で、あの事件のことを、あれこれ喋っていました。息子は、刑事で、怪しいとか、警察は、事件をうやむやにするつもりだとかいってました」

「その男二人の顔を見ているのか？」

「いえ、私は背を向けていたので、顔は見ていません」

「たぶん、君が、男たちの会話に、気を取られている時に、君の傍《かたわ》らにいた三人目が、君のコートのポケットから携帯を盗み、反対のポケットに、別の携帯を放り込んだんだ」

「あっ」

と、津村は、小さく、声をあげた。

「何か思い当たることが、あったか？」

「携帯が鳴った時、コートの右のポケットに手をやりました。右のポケットに携帯を入れたと覚えてましたから。ところが、右のポケットにはなくて、左のポケットに入っていたんです」

「おかしいと思ったか？」

「一瞬、あれっと思いましたが、すり替えられたなんてことは、まったく考えていませんから、ああ、左のポケットに入れたんだと、勝手に納得していました」

と、津村は、いってから、

「今、私が持っている携帯が、犯人のものなら、どこかで犯人につながっているかも、しれませんね」

「それは、どうかな。今回の犯人は、君の留守を見て、君の両親を殺した。残酷で、冷静な人間だ。そんな犯人が、自分の不利になるようなマネをするとは思えない。だから、問題の携帯は、犯人が、どこからか盗み出したものに違いないと考える。また、携帯をすり替える時には、たぶん、手袋をはめてやったと、思えるから、指紋から、相手の身元を特定するのは難しいだろうね」

十津川は、冷静な口調で、いった。

6

電話を切ったあと、先日と同じ形で、津村は艫作《へなし》で、列車を降りた。

今回は、携帯を使って、不老ふ死温泉に電話すると、前と同じように、迎えに来てくれるという。

駅の近くで待っていると、下りの「リゾートしらかみ」が、通過していった。

白とブルーのツートンのスマートな快速列車である。四両編成の観光列車だ。津村はあらためて、生まれて初めて五能線に乗ったときのことを思い出した。

「リゾートしらかみ」など、走っていなかった。一両か二両編成のディーゼルが、ごとごと走っていた。車内に、観光客の姿はなくて、地元の、それも老人たちが大部分で、あの時、津村は、ボックス席で、地元の人たちに、囲まれてしまった。男たちは、珍しそうに津村を見て、お婆さんが、ニコニコしながら、声をかけてきた。

「どこへ行くの?」

「不老ふ死温泉です」

「あそこは、湯治場だよ。年寄りが、疲れを取りにいくところだよ」

「ボクは、秘湯めぐりをやっているんです」

「秘湯じゃなくて、湯治場だよ、若いのに、どこか悪いのかい?」

そんな他愛のない会話をしている間にも、お婆さんは、膝の上で、せっせとみかんの皮をむいている。

二つか三つ先の小さな駅で降りるとき、残りのみかんを、

「はい」

と、津村に渡していった。

あのとき、津村は、高校二年生だった。今から十一年前、彼が十七歳のときである。

あのときも、津村は、艫作で降り、不老ふ死温泉から、迎えに来てもらった。

不老ふ死温泉は、お婆さんがいったとおりの湯治場で、お客はほとんど、爺さん婆さんだった。

四月はじめでも、まだうすら寒くて、ストーブが入っていたのを、津村は覚えている。客は、湯治客もいたが、温泉と、日本海の眺めを楽しみに泊まっている一般客もいた。そんな中で、高校生の、それもひとりの客というのは、珍しかった。最初は、若い湯治客だと思われて、旅館の人から「湯治客の心得」を聞かされた。

「A棟の端に、売店があるから、肉や魚、米、野菜などは、そこで買ってください。その隣に、炊事場があって、ガスや水道は、そこにあります。料理の仕方がわからなかったら、湯治に来ている婆さんにきけばいい。親切に教えてくれますよ」

「ボクは、湯治に来たんじゃなくて、ここの温泉を楽しみに来たんです。秘湯めぐりで、次は、八甲田《はっこうだ》にある、一軒だけの温泉旅館に行くつもりです」

と、津村は、いった。

高校二年の春休みに、秘湯めぐりを計画したのは本当だった。そのころ、高校生が、秘湯巡りをするなどといったら、爺《じじい》趣味だと笑われたものだった。

(しかし、好きなものは仕方がないじゃないか)

と、津村は、開き直ることにしていた。

このとき、津村の目当ては、海岸近くに作られた露天風呂だった。今は、着替えの更衣室などもできているが、高校二年のときは、池みたいな露天風呂で、更衣室もなく、その上、旅館から歩いて、五、六分もかかってしまうので、風が強い日は、往復で、風邪をひいてしまうといわれていた。

泊まった日の夕食後、津村は、その露天風呂に行ってみることにした。

暗くなると、露天風呂の周りも、暗くなる。

その暗さに乗じて、津村は、下着姿で、旅館を出ると、海岸近くの露天風呂に入りに行った。

昼間、津村は、様子をうかがっていたのだが、露天風呂に入っている客の姿はなかった。

(夜になれば、何人か、入る客がいるだろう)

と思ったのだが、夜、来てみても、人の姿はなかった。

海から吹いてくる風は、冷たい。風呂を囲む塀がないので、冷たさが、じかに身体《からだ》に当たる。それで、夜になっても、誰も入りに来ないのだと、わかった。

津村は、裸になると、露天風呂に飛び込んだ。温かさが、彼の身体を包み込む。

津村は、満足して、風呂の縁につかまり、暗闇に広がる日本海に眼をやった。

(今、おれは、この露天風呂を独占し、夜の日本海を独占しているのだ)

眼をつむって、幸福感にひたっていると、その気分を、ぶちこわすように、背後で水音がした。

一人だと思っていたのに、誰かが入っているのだ。

ふり向いて、眼をこらした。

一瞬、眼の前には、夜の暗さしかなかったが、月明かりが差してくると、突然、人魚が現れたと思った。

もちろん、反対側の縁に腰を下ろして、津村を見つめているのは、人魚などではなく、現実の若い女だった。混浴なのか。

濡れた上半身が、月の光を受けて、輝いて見えた。

女は、黙って、じっとこちらを見ている。津村は動けなかった。何といったらいいのか、わからないのだ。

「こんばんは」
と、いった。
女は、ニッコリして、
「学生さんね」
と、いい、湯船から出ると、傍《かたわ》らに置いてあった衣服を身に着けた。
「早く上がりなさい。風邪をひくわよ」
と、いい残して、旅館に向かって歩き出した。
津村は、ふっとため息をつき、女がいた場所に向かって、湯の中を歩いていった。
ふいに、湯の中の足が、何かに当たった。
蹴飛ばした。
何かが、浮かび上がってきた。
津村は、「わあっ」と叫びそうになった。
浮き上がってきたのは、人間の身体だった。
裸の背中を、月の光が、青白く光らせていた。
初老の男の身体だ。一瞬、津村は、眼を閉じた。
これが、津村の高校二年生の時の、怖い記憶の始まりだった。

第二章　総選挙の年

1

あの瞬間、高校生の津村は、悲鳴をあげかけてから、自分の触ったのが、人間の身体だと気が付いた。彼は、慌《あわ》てて本館に引き返すと、震えながら露天風呂に、人が沈んでいると告げた。旅館の人達が急いで、懐中電灯を片手に、津村と一緒に、露天風呂に向かって走っていった。

暗いので、露天風呂の中がよく見えない。そこで、懐中電灯で照らしながら、竹竿《たけざお》で温泉の中を、突《つつ》いたり、中には、温泉に跳び込んで、死体を探す者もいた。

五、六分後に、やっと見つかって、裸の男の身体が引き揚げられた。旅館の人が一人、人工呼吸をしようとして、男の身体に跨《またが》ったが、すぐ、

「心臓が、とまっているよ。死んでるんだ」

「すぐ、警察に、知らせた方がいい」

と、誰かがいい、一人が、本館に駆けていった。その後が、大変だった。駐在の巡査が来たがどうすることもできず、青森県警から、刑事たちと鑑識が来たのは、一時間以上経ってからだった。
五、六十代に見える男の死体だった。裸なので、身元が判るような物は何もない。ただ露天風呂のそばには、彼が着ていたと思われる浴衣《ゆかた》・丹前、それに、所持品として腕時計が置かれていた。県警の刑事たちは、死体と一緒に所持品を本館に運んでいった。死体は土間のコンクリートの上に横たえられた。
「死体を、発見した人はいますか」

と、刑事が、きく。津村が手を挙げると、背の高い刑事が傍らに来て、

「君が発見者か?」

「露天風呂には、もう一人、女の人がいたんです。その人も、死体のことは、わかっていたんじゃないですか。彼女も、露天風呂に入っていましたから。その女性が、露天風呂から本館に引き揚げたあと、僕は、温泉に入って、死体にぶつかったんです」

「女がいた？　どんな女だ？」

と、刑事が、きく。

「若い女性でした。僕には女性の年齢はわかりませんが、三十歳くらいじゃなかったかと思います」

刑事の一人が、旅館の従業員に眼を向けて、

「そういう若い女性が、今日泊まっていますか？」

そこには、三人ばかりの旅館の従業員がいたのだが、その中の一人が、

「いや、そんな若い女性は、泊まっていませんよ」

と、いい、他の二人も、同意するように、首を横に振った。もう一人の刑事が、じろりと津村を見た。

「そんな若い女性は、泊まっていないといってるぞ。本当に、若い女性が、露天風呂にいたのか？」

「見ましたよ」

「その女性と、言葉を交わしたのか？」

「確か、お先にと言って、露天風呂から上がって傍らに置いてあった衣服を着て、本館の方に、帰っていったのを見てるんです。だから、泊まっていると思いますよ」

「誰か、この旅館の責任者は、いないのか。今日何人泊まっていて、女性が何人、男性が何人と、わかる人はいないのか?」

刑事は、イライラした表情で、見廻した。

「私が責任者です」

と、五十歳くらいの男が手を挙げた。

「名前は?」

「田中《たなか》です。田中勝年《かつとし》です」

と、その男が、答える。

「今、この旅館には、何人泊まっているのかね? そのうち、男性何人、女性何人か、教えてくれ」

「全部で二十三人泊まっています。そのほとんどが男性で、女性は、五人だけですが、みなさん湯治に来ているご老人ばかりですよ。そちらの若い高校生は、珍しいんです」

田中が、答えた。

「この高校生がいったような、若い女性は泊まっていないか?」

「残念ながら、若い女性は一人も泊まっていません。いまいったように、全員がご老人で、この近くの人たちが湯治に来ていらっしゃるんです」

と、いった。刑事は、もう一度、津村を見た。

「旅館の責任者は、泊まっている女性は、全部老人だといっている。それなのに、君は、若い女性を見たと。本当に、見たのか？」

刑事は、かなり、疑わしげな目になっていた。

「本当に、見たんです。いや、いたんですよ。海岸の傍らの露天風呂にいたんです。僕より先に本館に引き揚げていったんですから。こちらに泊まっている筈《はず》だから、もう一度調べてください」

津村は、主張した。

「どうなんだね。若い女性は、本当に泊まっていないのかね？」

刑事がもう一度、田中という旅館の主人に、きく。

「いま申し上げたように、五人ともご老人で、湯治に来ていらっしゃるんです。そうした方なので、夜には露天風呂には、行かれませんよ」

と、いい、その五人の女性を広間に呼んだ。確かに、いずれも七十歳前後に見える女性たちだった。刑事の質問に答えて、自分たちはこの近くの人間で、毎年、今ごろは湯治に来るのだといった。

「露天風呂は、寒いので、夜は行きません。昼間の、陽が当たっている時に、入りに行くんですよ」

津村を除く男の泊まり客十六人も、広間に集められた。いずれも老人たちで、高校生の津村は、確かに異色だった。老人たちは、いずれも湯治に来ていて、二週間から十日、自炊しながら、温泉を楽しんでいると、答えた。

「あなた方の中に、若い女性を見た人はいませんか？」

という刑事の質問に対しても、男の客たちは、知らないといい、見たこともないと答えた。そのうちに死体を調べていた検視官が、

「どうやら、腹部を数回殴られ、激しく蹴られているね。それで気を失って、湯船に沈み、露天風呂の中で死んでしまったんだろう。溺死体のような感じで死んでいるんだ」

と、いい、その言葉で、刑事の目がまた、高校生の津村に向けられた。

「君は、かなり立派な身体をしているね。何センチある？」

と、きく。

「百七十八センチです」

「体重は？」

「七十五キロです」

「何か運動をやっているのか？」

「空手をやっていますが、強くはありません。部活でやっているだけです」

「手を見せてくれ」

刑事は、強引に津村の手を、摑《つか》んだ。

「なるほど、これが空手をやっている手か」

「僕は、亡くなった人を、露天風呂で殴ったり、蹴ったりなんかしてませんよ。気が付いたときは、もう沈んでいたんです。だから、先に帰った女の人にきいた方が、早いんじゃないですか」

「君のいう、若い女性は、ここの旅館には泊まっていないんだよ。誰もが、見たこともないし、会ったこともないといっているんだ」

「でも、僕は露天風呂で、会っているんです。僕より先に本館に帰っていきましたから、間違いなく彼女が、死んだ男の人と一緒に、露天風呂にきていたんですよ」

津村は、必死で主張した。下手をすると、犯人に、されかねないと、思ったからだった。

刑事たちは、今度は、初老の男の死体に、目を向けた。

「このホトケさんが、ここに泊まっていたことは、間違いないね？」

旅館の主人の田中にきく。

「確かにその方は、泊まっていらっしゃいます」

「一人でかね。それとも、女性と一緒か？」

「お一人でした。他のお客様はだいたいご老人で、湯治を目的にお泊まりで、こちらの方は、湯治ではなく、温泉を楽しみに二日前から泊まっていらっしゃいましたが、露天風呂がたいへんお気に召して、一人で、一日に何回も入っていらっしゃいました」

「その部屋を教えてくれ」

と、刑事がいい、旅館の主人は、案内していった。

二人の刑事が、案内されたのは、八畳の部屋である。部屋の中にトイレは付いていない。

亡くなった男が、持って来たと思われる大きなトランクが置かれ、背広などが吊るされていた。刑事の一人が、その背広のポケットから、キャッシュカードと名刺入れを見つけ出した。名刺入れには、同じ名前の名刺が十五、六枚入っていた。その名刺に刷られていた名前は、「小野寺修《おのでらおさむ》」だった。東京の住所と、「小野寺興業社長」の肩書が入っていた。

「この泊まり客は、他の人たちとは、ちょっと違う感じだねぇ」

刑事の一人が、名刺を見て、旅館の主人にいった。

「そうです。他のみなさんは、湯治が目的ですが、この方は違います。夜になると、お一人で、酒を飲んだりしていらっしゃいました。食事も、湯治客のみなさんは、自分で作るんですが、この方は、普通の泊まり客なので、ウチの方で、お作りして、部屋まで、運んでいました」

「東京の人間が、どうして、こんな田舎の温泉に来ていたのかな。何の用かはいっていなかったのかね？」

「何もおっしゃいませんでしたが、いろいろな人に、電話をかけていらっしゃる感じでした。昼間は時々、外出されていましたが、お待ちのお客さまがなかなか訪ねてこなくて、いらいらしていらっしゃるようでした」

「もう一度きくんだが、若い女性は、泊まっていないんだね？」

「はい。泊まっていらっしゃいませんでした」

「それでは、泊まり客の名簿を、みせてくれ」

刑事がいい、主人は、今月の泊まり客の名簿を持ってきた。男性十六人と女性五人の湯治客は、最高一か月前からずっと泊まっていて、二日前からは、そこに、小野寺修という名前が加わり、今日からは、津村進という名前が増え、東京の高校二年生と書かれていた。住所も東京である。泊まり客の名簿には、それ以外に女の名前はなかった。刑事たちはまた津村をつかまえて、質問責めにした。

「君のような、高校生が、どうしてこの不老ふ死温泉に来たのかね。ここは、湯治場だよ。君たち若者が来るような温泉じゃないんだ。どうして来たのか、そのわけをききたい」

「僕は、夏休みや冬休みを利用して、秘湯巡りをしているんです。あまり、人に知られていないような小さな温泉旅館に、泊まっているんです。それで、この不老ふ死温泉にも、秘湯巡りの一環として、泊まりに来たんです」

「秘湯巡りか。高校生なのに、妙な趣味を持っているんだな」

刑事が笑った。そのころは、まだ秘湯巡りをするような、高校生はあまりいなかった。

「秘湯巡りなら、着いてすぐ、露天風呂に、入りに行ったんじゃないのか」

「今日は秘湯巡りの第一日ですから、夕食のあと、海岸に近い露天風呂に、入りに行ったんです。少し寒かったけど、快適でした。ですから、あんな男の人が沈んでいるなんて、考えもしませんでした」

「君は今日、露天風呂に行った。そこであの初老の男性と喧嘩をしたんじゃないのかね？例えば湯船の中で、君が騒いで、それをあの男が咎《とが》めた。それで、喧嘩になった。君は部活で空手を習っていたから、反射的にあの男の腹部を、殴ったり、蹴とばしたりしたんじゃないのか？」

「そんなことはしませんよ。何回もいいますが、あの男の人が沈んでいるなんて、考えもしなかったんです。それに暗かった」

「しかしだね、君のいう、若い女性を誰も見ていないんだ。そうなってくると、君とあのホトケさんの二人だけしか、露天風呂にはいなかったことになる。そして、片方は、腹を殴られたり蹴られたりして沈んでしまい、溺死の形で、亡くなった。残るのは、君だけなんだよ。君しかいないんだ。こう見てくると、誰もが、君があのホトケさんを殺したと考えるだろう。もちろん、最初から、殺すつもりなど、なかったろう。ただ、君は、空手を習っていた。よく言うじゃないか、ボクシングや、空手を習っている人間にとって、拳は凶器だと。君は、何かでカッとして、思い切り男を殴り、蹴ってしまった。もしそれが証明されれば、未成年ということもあるから、情状酌量されて、罪も軽くなるだろう。だから、正直にいってくれないかね」

刑事は、津村の肩を、叩いて、いう。

「僕は、人殺しなんかしていませんよ。ホントのことをいってるんです。僕より先に、若い女性が露天風呂から上がって、衣服を着て、旅館に帰っていったんです。僕は事件と関係ありませんよ」

2

津村は、弘前警察署に連行され、そこでも、刑事二人による、執拗《しつよう》な尋問が続けられた。

「君は十七歳だ。少年法が適用されるから、重い刑にはならない。だから、正直に話してくれないかね。君があの露天風呂に入っていた時に、殺された小野寺さんと、一緒になったんだろう。最初のうちは、お互いに露天風呂の楽しさなんかを笑顔で話していたんじゃないのかね。そのうちに何かの拍子に、喧嘩になった。若い君は、感情のコントロールができなくなって、相手を拳で殴り、蹴った。それで、小野寺さんは、死んでしまった。東京には家族もいるだろうから、その人たちは、今、電話で知らされて、驚き、悲しんでいる。明日には、その家族が来るはずだ。その時に、君が謝罪したら、小野寺さんの家族も、少しは、悲しみが軽くなる。警察はね、いつまでも殺人事件を、持ちこさないようにと、考えているんだ。君が犯人だと認めて、小野寺さんの家族に頭を下げれば、今回の殺人事件は本当に解決するんだよ」

刑事の言葉で、津村は、次第に追いつめられるような気持ちになっていった。

(弁護士を呼んでください)

という言葉も出てこなくて、同じ言葉をくり返した。

「とにかく、僕と一緒に、露天風呂にいた女の人を捜してくださいよ。彼女にきいてくれれば、僕が、今回の殺人事件には、まったく関係ないことがわかっていただけるんです。そうしてください。お願いします」

「そんな女性は存在しないんだよ。事件の時、露天風呂にいたのは、君と、殺された小野寺さんの二人だけなんだ。その二人のうちの片方が殺されたとなれば、誰が考えたって、君が殺したんだろう。いつまでも、殺していないと主張しても、無駄なんだよ。こちらのいうことはわかるね。夜の露天風呂に、二人の人間がいて、どちらかが死ねば、もう一人が犯人になるんだよ。君は未成年だから、重い刑にはならない。早く真実を話して、気持ちを楽にしないかね？　君の両親も、喜ぶんじゃないのか？」

「じゃあ、両親を、ここに呼んでください」

津村が、いうと、

「甘ったれるんじゃない！」

刑事の一人が、怒鳴った。もう一人の刑事が優しい口調で、

「君が両親に会いたいというのは、よくわかるよ。親は、盲目的に子供を庇《かば》い、子供のいうことを、信じるからね。しかし両親がここに来ても、事態は変わらないよ。両親を苦しませるだけだ。それは、親不孝だ。すべてを話して調書に署名すれば、そのことの方が、両親にたいしては、親孝行になるんじゃないのかね」

この日、津村は、弘前警察署に留置された。ところが翌日になると、突然、津村は釈放された。彼を、不老ふ死温泉から、弘前まで連行した刑事たちは、いずれも渋い顔で、津

村を睨《にら》みつける刑事もいた。

「証拠不十分で釈放する」

とだけしか、弘前署の署長は、いわなかった。若い津村は、強い反発を覚え、まっすぐ東京には帰らず、再び、五能線に乗って、不老ふ死温泉に向かった。

不老ふ死温泉に着くと、旅館の主人にきいた。

「どうして僕が、逮捕され、なぜ、突然釈放されたんですか？　それを、正直に、話してください」

さらに、

「僕が見た女性は、見つかったんですか？　だから、釈放されたんじゃないんですか？」

突然釈放された理由が、津村には、それしか考えられなかったからである。

津村の質問に対して、旅館の主人は、「私にはわからない」としかいわなかった。埒《らち》が明かないので、旅館に一泊し、夜になると、露天風呂に行ってみた。旅館の入口から露天風呂まで、コンクリートが敷き詰めてある。その通路をよく見ると、旅館の玄関から、真っ直ぐ露天風呂まで、タイヤの跡がついていた。

津村が会った若い女性は、泊まっていたのに、旅館の主人や従業員たちは、自分たちを守るために、嘘をついたんだと思っていた。だが、今、タイヤの跡を追っていくと、玄関からさらに、道路に向かって延びているのがわかった。あの女は、旅館の外から、車で入ってきて露天風呂に入り、あの男が沈んだあと、素早く車で逃げてしまったのかもしれない。

だから、旅館の主人も従業員も、若い女性は、泊まっていないと証言したのではないのかと、津村は考えざるをえなかった。

一泊しただけで、津村は帰京することにした。東京に帰ったが、列車の中で、津村は、必死に考え続けた。津村は、あの夜、露天風呂に行ったのだが、その時には、すでに小野寺修は殺されて、露天風呂に、沈んでいたに違いない。その殺人に、あの若い女は関係していたのか？　殺したのは、共犯者かもしれないが、その実行犯は、津村がやってきたのを見て、素早く姿を消し、あの女が、津村が少年だと確かめてから、姿を消した。津村は運悪く、死体に触ったので、殺人の嫌疑をなすりつけられたのだ。

列車が東京に着くまでの間、津村はそんなふうに考えてみたのだが、この推理には、自信がなかった。第一、あの女性の身元もわからないし、死んで露天風呂に沈んでいた小野寺修という男についても、何もわからないのである。そこで、東京駅に着いてから、キオスクで、新聞を何紙も買って、駅の構内にあるカフェで、コーヒーを飲みながら、全国紙五紙に、眼を通した。

不老ふ死温泉で起きた、殺人事件については、ほとんどの新聞に記事が載っていたが、すでに大きな扱いではなくなっていた。殺された小野寺修の名前も載っていた。年齢六十歳。小野寺興業社長となっている。津村の名前も、若い女性のことも、新聞には、載っていなかった。津村の名前が載っていないのは、彼が、未成年だからだろう。女について記事がないのは、マスコミも、津村の証言を信じていないからか？

3

これが、津村が高校二年の時にぶつかった事件である。

津村は、高校に戻ったが、ありがたいことに、学校までは、警察も、マスコミも、追いかけてこなかった。

学校の友だちには、不老ふ死温泉の出来事は、喋らなかった。

時には、喋りたい誘惑にかられたが、必死で止めた。

自分の話を、そのまま信じてもらえる自信がなかったからである。とくに、「若い女」のことは、もっとも信じてもらえそうにないことだった。

「美人で魅力的な若い女性」と喋ったら、からかわれるに決まっていた。

家族にも、話さなかった。両親は、津村の秘湯巡りの旅行に、もともと反対していた。父も母も、見栄っ張りなところがあって、津村の「秘湯巡り貧乏旅行」に、いい顔をしていなかった。

その旅行中に、殺人事件にぶつかり、容疑者にされたと知ったら、「ほら見なさい」と、いわれるに、決まっているのである。

下手をすると、この先、「貧乏旅行」は、禁止されてしまうかもしれないので、家族に喋らなかった。

もちろん、だからといって、不老ふ死温泉で出遭った殺人事件のことを、忘れたわけではなかった。

事件のことは、大新聞にも、テレビにも、載らなくなっていった。そこで、津村は、学校の帰りに、時々、国会図書館に寄り道をして、「青森新報」を読むことにした。

地元新聞なので、事件のことを、全国紙より詳しく報道すると、思ったからだった。確かに、扱いは大きかったが、それでも、少しずつ、扱いは小さくなり、そのうちに、「迷宮入り」の文字がちらつくようになった。

そして、とうとう、地元新聞も、この事件を、扱わなくなった。

津村の気持ちは、複雑だった。ホッとすると同時に、これで終わりということに、残念だという気持ちが働いたのだ。

津村が見た「若い女」は、どうなったのか。実在するのに、まるで、幻のまま、終わってしまうのか。

ところが、津村が、高校を卒業し、S大に入った年の十二月末に、突然、週刊誌が、この事件を取り上げたのである。

「未解決事件のその後、を年末に再点検する」

という見出しで、五件の事件を取り上げたのだが、その中に、不老ふ死温泉の殺人事件が入っていた。

『この事件には、幻の女がいた』

という見出しだった。

記事は、次のようになっていた。

「社会の変化は、やたらに早くなっているが、それに引きずられることなく、冷静に確信を持って、過去を振り返る必要があるのではないか。その一例として、迷宮入りをいわれている、昨年、青森県の不老ふ死温泉で起きた殺人事件を取り上げてみたい。

この事件は、一見すると、簡単な事件に見える。この温泉の泊まり客が、旅館の外にある露天風呂で、何者かに殺されたという事件である。この事件が、一年半以上経った今になっても解決しないのは、なぜなのか、それを検討する。

殺されたのは、O・O氏（六〇）である。ところが、青森県警は、なぜかこの被害者のことを、あまり深く調べていないのである。捜査で、第一にしなければならないのは、被害者が何者なのかの調査のはずである。それがないと、犯人の動機もわからないからだ。だが、警察は、O・O氏の身元調査に不熱心、というより及び腰なのだ。そこで、わが編集者がO・O氏について、調べてみたところ、おもしろいことがわかった。

O・O氏は、この年に六十歳を迎えたのだが、帝国ホテルの菊の間で開かれた還暦祝賀会に、財務、外務、文科、法務など、八人の大臣が出席し、その他、与党議員十人、野党議員九人が出席し、O・O氏の還暦を祝福した。総理、官房長官などからの祝電も、読み上げられた。

ホテル関係者も、驚いたという、大物政治家の集まりである。なぜ、O・O氏の祝賀会にかくも多くの政治家が、祝いに駆けつけたのか。多くのマスコミが、この祝賀会を無視したが、わが編集部は、この謎に果敢に調査の牙を向けた。

その結果、O・O氏は、個人資産一兆円といわれる隠れた資産家で、政治好きで、選挙のある度に、候補者に、三億円から五億円を政治資金としてばらまくといわれ、政治家で、

O・O氏の世話にならなかった者は、皆無だといわれたという。

もう一つの謎は、事件に女の影があることなのだ。当初、男子高校生が、疑われたのだが、この高校生が、露天風呂で、若い魅力的な女性を見たと証言している。この証言が、完全に無視されていた。容疑をかけられた高校生が、苦しまぎれに、架空の美女を作り上げた、というのである。

この高校生は、証拠不十分で釈放されたが、この美女は、今も幻影扱いである。しかし、この女性も、わが編集部の調査によって、実在することがわかってきた。

迷宮入り確実のこの事件に、わが編集部は、二つのカギを提供した。O・O氏の政治力と、若い美女の実在である。この提案を生かして、事件が解決することを願って止《や》まない」

この週刊誌「週刊ジャパン」が、津村の目を引きつけたのは、被害者、小野寺修（O・O氏と書いている）が、どんな男だったかを書いていたからである。政治好きな人間だと書かれていた。それ以外に津村が必死で証言した若い女性のことも書かれていた点もだった。

4

津村は、その後、警察官の任用試験に合格した。

津村は、警察官として働く中で、どうしても刑事になりたくて、刑事のための勉強をし、試験も受けた。

見事に合格し、目指していた刑事になれたが、警視庁捜査一課勤務の刑事になるのは、難しかった。

それにも、どうにか成功し、捜査一課の刑事になれたのだが、その際、三日間の休暇をもらって、十一年ぶりに、五能線に乗り、不老ふ死温泉に出かけた。

ところが、同じ日に、何者かが、津村の家に侵入し、両親を殺害して、放火したのである。

ただちに、津村が配属されるはずだった、十津川警部をリーダーとする捜査班が、犯人を追うことになった。

マスコミを避けて、一度は五能線に向かった津村だったが、携帯をすり替えられるなどの事態に、十津川とも相談して、密《ひそ》かに東京へと戻った。

津村も捜査班に加わることを熱望した。関係者でもあるし、怒りの感情で、冷静な捜査ができないだろうとして、参加させないという意見の方が多かったが、あまりにも津村が、熱心だったため、内密で参加が認められた。

津村は、殉死した西本刑事の代わりに、日下刑事とコンビを組むことになった。

十津川は、津村に向かって、こんな言葉をかけた。

「両親を殺された君に、感情的になるなといっても無理だと思う。だから感情的になってもかまわん。ただ、コンビを組む日下刑事を危険な目に遭わせるな。それだけだ」

「わかりました」

と、津村は、肯《うなず》いた。

まず、日下刑事と組んで、聞き込みに向かった。

今回の事件で、犯人は、五月十二日の深夜、津村宅に侵入、津村の両親を殺害した上、放火した。

犯人を目撃した人はいないか、犯人が、監視カメラに映っていないかの捜査である。

現場周辺に取りつけられた二十基の監視カメラすべてを調べる。

カメラに何が映っているかを、実際に映しての確認である。

その前後のカメラの映像を捜す。とにかく、二十基の監視カメラの映像を集め、捜査本部に持ち帰って、すべての映像を調べるのである。

これには、十津川も参加した。

十津川、亀井、日下、津村の四人で、映像を見る。

なかなか、ハッとする映像には出合わなかった。

映像を見ていく主役は、津村だった。現場周辺の地理は、津村が詳しかったし、映っている人物に一番詳しいのも、津村だったからである。

深夜である。画面は暗いので、じっと見つめていると、目が疲れてくる。

まず、火の出る直前の夜の町である。

深夜の現場付近を、身を屈《かが》めて、ゆっくり歩いていく男がいる。

刑事たちが、一斉に津村の顔を見る。それに対して、津村が答える。

「沖山久夫《おきやまひさお》さんです。年齢は、五十何歳かで、近くのマンションの管理人をやっています。勤務は毎日、午前十時から午後六時までですから、この時間は勤務外です。現在、近くのアパートに一人暮らしで、時々、駅近くの居酒屋に飲みに行っていると聞きましたから、これがその帰りなんだと思います」

このあと、次の監視カメラの映像が流された。一度見ただけでは、結論が、出ないので、同じ映像を何回も見ることになる。

疲れ切って、休憩に入る。

刑事たちは、ソファに寝て、疲労回復に努めるものも出る。洗面所に行って、眼を洗う者もいる。

「朝まで、がんばって、二十基すべての調べを終えたい」

十津川は、そんな形で、はっぱをかけた。

午前六時までに、二十基全部を見終わったあと、三つの映像を残した。

その映像には、火事の前後に、不審な動きをする人間が映っていた。

刑事たちは、その三つの映像から、人物だけを取り出してプリントを作り、昼間、現場近くに住む人たちに見せることにした。

その結果、映っている人物は一人にしぼられた。

火災が起きる直前、現場から立ち去る人物である。

百七十五、六センチで、やせ形。男に見える人間だった。

現場周辺に住む人たちは、写真の男に見覚えがないと証言した。その男を、刑事たちが不審に思った理由は、二つあった。

第一は、物陰を選んで歩いていることであり、第二は、時々、津村夫妻が住む家の方を振り返っていることだった。

それに、第三として、近所の住人の証言が合わさったのである。

この男が、画面から消えて、十五分後に、火事が発生していた。

男は、背広の上から、コートを羽織っている。コートのポケットが、大きく膨らんでいたが、そのことにも、十津川は、注目した。津村の両親を殺した凶器が入っているのではないかと、思ったのだ。

十津川は、この男の写真をコピーして、刑事たちに持たせることにした。歩き方や、ちょっとした動作にも、特徴があるので、それは、各自の携帯に動画として、入れることにした。

5

そのあと、十津川は、津村一人を呼んで、亀井と一緒に、この殺人について、話し合った。

「五月十二日の深夜、君の両親が、何者かに殺され、その上、家に放火された。しかも、君が旅行に行っている留守にだ。この事件について、何か考えているようだが、それを話してくれ」

十津川がいうと、津村は、

「これは、私の勝手な想像かもしれませんが――」

「それでいいんだ」

「私は、高校二年の春休み、旅行が好きで、五能線に乗って、不老ふ死温泉にも行っていますが、そのとき、向こうで殺人事件に、巻きこまれてしまいました」

「それは、きいている。君が、容疑者にされたんだろう？」

「そうです。この事件は、十一年経った今も、解決していません。私は、現場にいて、目撃したことを正直に、証言したのです。とくに、殺人現場に、若い女性がいたことを、何回もいったのですが、取り上げてもらえませんでした。ところが、週刊誌が、その女性のことを取り上げたのです」

「その記事なら、知っているよ。女のことも取り上げただけでなく、被害者が、どんな人物かも書いている」

「その記事に、私の高校時代のことがあったのが原因で、両親が殺されたような気がして仕方がないのです」

と、津村は、いった。

「理由は何だ？」

と、亀井が、きいた。

「理由はありません」

「では、勘か？」

「そうかもしれません」

「君が、高校二年の時、不老ふ死温泉で見た女性は、何歳くらいだったんだ？」

と、十津川が、きく。

「三十歳ぐらいだと思いました」

「三十歳だとして、今、四十一歳か」

「女盛りですね」

と、亀井が、いう。

「その女に、君は、どんな印象を、持ったんだ？」

「高校生でしたから、間違っているかもしれませんが――」

「感じたままでいいんだ」

「あの時、露天風呂には、死体が沈んでいたんです。それを知っているはずなのに、落ち着いていました。それで年齢より、上に見えたのかもしれません。映画なんかで見る、クラブのママみたいな感じです。勝手な想像ですが」

「落ち着いていたか」

　十津川が、呟《つぶや》き、亀井は、

「私も女は、温泉に死体が沈んでいるのを知っていたと思いますね」

「女は、露天風呂から出て、どうしたんだ？　正確なことを知りたい」

「衣服を身に着けて、旅館の方に歩いていき、近くに停まっている車に乗ったんだと思います。そのまま旅館の外へ出ていったのかもしれません。あそこの露天風呂は、旅館の中にあるのではなく、外にありますから」

「その車には、誰かが乗っていたのか？」

「わかりません。明かりはありませんでしたから」

「運転手がいて、女が乗ると、すぐに発車したのかもしれないな」

　と、亀井が、いう。

「とすると、その車も、女も、外から露天風呂に来たんだろうね」

「私も、あとからそう思うようになりました」

「被害者の小野寺修は、旅館に泊まっていたんだな？」

「二日前から、泊まっていたということでした」

「この男のことは、いろいろと調べてみた」

と、十津川は、いった。

「週刊誌では、政界の大物で、与野党の政治家がそろって、彼の誕生日に集まって、祝ったと出ていましたね」

「私が読んだ本によると、最後の政界の怪物と書いてあった」

と、十津川。

「最後の政界の怪物ですか」

「日本の選挙は、やたらにカネがかかるんだ。ベテランでも、何千万。新人では億単位のカネを使わなければ、当選は難しいというのだ。だから、カネをばらまくスポンサーに、政治家は寄ってくる。昔、政界の怪物といわれた人間は、選挙の時、やたらにカネを候補者に与えていた。小野寺修は、その最後の怪物だと、いわれていたというんだ。ある意味、政治が好きで、莫大な資産をばらまいて、政治家が、争って寄ってくるのを、たのしんでいたんじゃないかな」

「そんな怪物を、いったい誰が、殺したんですかね？　選挙になったら、政治家にとって、大事な人なのに」

と、亀井が、いう。

「実は、高校生の君が、事件に遭った日は、総選挙の一か月前だったんだ。候補者連中にしたら、一番、カネが必要な時期なんだよ」

「そんな時に、最後の怪物が、殺されたんですか」

「何か、シンボリックな感じがするね」

と、十津川が、いった。

「君は、一か月後に、総選挙があることを、知っていたのか?」

亀井が、津村に、きく。

「その時は、気が付きませんでしたが、今になると、あの旅館に、予約の状況を書いたものが玄関にありました。その中に、二日後の予約に、特定郵便局長会様の名前があったんです。あのころ、特定郵便局長は、票田といわれていたんです」

津村は、少しずつ、思い出す感じで、しゃべっていた。

「そうすると、二日後に、政界の怪物は、票田の特定郵便局長の何人かと、会うことになっていたんですかね?」

と、亀井が、いった。

十津川が、ポケットから、新聞の切り抜きを取り出した。

正確にいえば、古新聞のコピーの切り抜きである。

「これは、国会図書館に行って、十一年前の新聞をコピーしてもらったものだ。事件のあった年だよ。その総選挙の直後の新聞で『総選挙で変わった政界』という見出しだ」

「どんなことが、書いてあるんですか？」

「今回の総選挙で、題目の一つは、郵政民営化だった。日本第一の票田といわれた特定郵便局長たちは、全員が民営化反対に動くと見られていたのだが、なぜか、その二分の一以上が、賛成に動いたのである。これは、今回の総選挙の最大の番狂わせといわれている。政界の識者たちは、今必死になって、その原因を調べている。政界に流れている噂には、民営化反対に動くはずだった政界の大物が、なぜか動かなかったためだという声が大きいようだ、と書かれている」

と、十津川が、いった。

「それは、つまり、総選挙の直前に、最後の怪物、小野寺修が、殺されたことを指しているんですか？」

と、亀井。

「小野寺修は、青森の秘湯で、ひそかに、特定郵便局長たちに会って、民営化反対で結束しろと、指示するはずだったが、その二日前に、殺されてしまって、特定郵便局長たちは、バラバラになってしまい、民営化賛成に二分の一以上が動いてしまったということだろう」

と、いってから、津村に、笑顔を向けた。

「君は、十七歳の時、身を以《もっ》て、日本の政治の暗黒の部分と、大きく動く瞬間にぶつかったんだよ」

「しかし、あれは、間違いなく殺人です。殺人で、政治が動くなんて、間違っていますよ」

と、津村は、いった。

「若いねえ」

と、亀井は、笑った。が、十津川は、笑わずに、

「これで、一つ疑問が、生まれたな」

と、いった。

「私に関することですか？」

と、津村は、きいた。

「小野寺修が死んだことで、日本の政治が動いたことは間違いない。今の政治も、その流れになっている。それなのに、君の両親が殺された。君は、十一年前に、青森でぶつかった殺人事件の続きだといい、私も、そう思った。しかし、ここで、動機は全くわからなくなってしまったんだよ。十一年前に、小野寺修が殺されたので、政治の動きが変わった。

今、それを善《よ》しとして、その線にそって、政治をしている勢力が日本を支配している。それなのに、なぜ、殺人と放火をやるのかが、わからない」

と、十津川は、亀井を見、津村を見た。

「私にもわかりませんが、津村の両親を殺す必要が生まれたんだと思います」

と、亀井が、いった。

「君は、どう思う？」

十津川は、津村に、きいた。

「私の両親は、父が平凡なサラリーマン、母は普通の主婦です。政治的に動いたこともありませんから、殺される理由が、思いつきませんし、なおさら、犯人に腹が立って仕方がありません」

と、津村が、いった。

「やはり、十一年前の君が、原因なのかな」

と、十津川が、いった。

第三章　十一年前

1

十津川は、すぐにも、もう一度、五能線に乗りたいという津村を止めて、

「もう少し、こちらで調べてからにしたほうがいい」

と、注意した。

十一年前、高校生だった津村が、五能線に乗り、不老ふ死温泉で殺人事件に遭遇した。そのことが原因で、十一年後の今、彼の両親が殺されることになったのだと、十津川は考えていた。

殺人事件は東京と、五能線の不老ふ死温泉の両方で起きているのだが、その間に十一年の間隔がある。その間隔を埋めてからでないと、津村がやみくもに不老ふ死温泉に行って

も、何も見つからないだろうと、十津川は思ったのだ。

そこで、十津川が、津村を連れて行ったのは中央新聞社の社会部で、記者をやっている、大学時代の同窓生、田口のところだった。今回の一連の事件は、例の、郵政民営化と、どこかで関係しているのではないかと思ったからである。

十津川も、現在の政治には関心を持っているが、その奥までは知らないことが多い。そこで、現在は、社会部の記者だが、以前は政治部にも所属していたことのある、田口の意見を聞こうと考えて、津村を連れて行ったのだった。

「今日は、大きな事件は起きていなくて、平穏な一日だから、ゆっくり話が、できるよ」

と、田口が、いったので、田口を新聞社近くのカフェに、連れていき、そこでゆっくりと話を交わすことにした。

「二〇〇五年に、郵政民営化が行われただろう？　その後、郵政民営化は、どうなっているのか説明してくれ」

と、まず十津川が、切り出した。

「あの時は、政治の大変動が、起きたような感じがあって、郵政の民営化が、実施されてしまった。ところが、その後、期待されたほどの業績が上がっていないんだ。何しろ、あの郵政民営化は、アメリカの要請に基づいて、政府が日本のためではなくて、アメリカのために、強引に実行したんじゃないかといわれているからね」

と、田口が、いう。

「アメリカの要請って、どういうことなんだ?」

「郵政民営化というのは、簡単にいえば、郵政公社を廃止して、日本郵政株式会社を作るというものだった。その時に、よくいわれていたのは、郵政公社が、ほかの、銀行のようになったら、日本一の大銀行になるだろうということだった」

「そうした話なら、私も、あの頃よくきいたよ。だから、銀行側は、大反対だったんだろう?」

「ああ、その通りだよ。それで、反対の声が大きくて、郵政民営化は、難しいのではないかと思われていたのに、突然、雪崩《なだれ》を打つように、民営化賛成の声が大きくなって、あっという間に、民営化が実現されてしまった。そして、日本一の大きな銀行ができてしまった。それまでの郵政公社は、株を買うのはほとんど禁止されていた。そのことが、アメリカにとっては不満だったんだよ。アメリカ人で、日本の株を買っている人間は多い。ところが、なかなか、値上がりしない。そこで、日本郵政公社が株式会社になって、その莫大な資金で自由に株が買えるようになれば、間違いなく値上がりする。アメリカ人で日本の株を買っている人たちは、そのことを、前からずっと要求していたんだ。莫大な資金が動いて日本株を買うようになれば、間違いなく日本株は上がる。それはそのまま、日本株を買っているアメリカ人の利益になるとして、毎年のように、郵政民営化を、アメリカ側は日本側に要求していた。これは公然の事実だが、郵政民営化ができても、なかなか日本の株は上がらなかった。デフレのせいといわれ、やっと最近になって、株価は上昇するようになった。ほかにも似たような問題があってね」

「年金問題だろう。日本の年金機構は、莫大な資金を持っている。もちろん、その金額は、国民が納めている年金保険料が貯《た》まったものだが、その年金の運用については、株を買うことは、リスクが大きいので、厳しく制限されていた。そのことが、アメリカ側には不満だった。郵政の場合と同じで、年金基金という莫大な金で自由に株を買うことができれば、株は必ず上がる。それで、アメリカ政府が、日本政府に圧力をかけていたんだ。年金基金という大事な資金で、株のようにリスクの大きい品物を買うことで、年金を増やそうとするのは、誰が考えても危険だ。しかし、アメリカ側の要請が通って、年金基金でかなり自由に日本株を買うことができるようになった」

「そのことが、あるので、政治家の中には、郵政民営化に、反対する者も多かったし、巨大なライバルが出現するのは困ると、日本中の銀行が、反対していた」

と、田口が、いう。

「その当時は、総理大臣の手腕が、郵政民営化を実現させた、と新聞にあったが、それだけだとは思えない。実は、こちらの津村刑事は、高校二年生の時に、五能線の不老ふ死温泉で殺人事件に、遭遇して、危うく犯人にされそうになったことがあるんだ。その時、不老ふ死温泉で、殺されたのは、小野寺修という、政界で怪物といわれた男なんだ。彼の死は、郵政民営化に、関係しているのではないか、という疑いを持っているんだが」

と、十津川が、いった。

「小野寺修の死亡については、噂話がやたらに飛び交っていてね。今でも小野寺修が、あの時、死んだことで、それまでの風向きが変わって、雪崩を打って政治家たちが、民営化に賛成した。もし、彼が生きていたら、総理大臣の手腕をもってしても、郵政民営化は、実現しなかっただろうという声もあるんだ」

と、田口が、いう。

「つまり、小野寺修という人間に、それぐらいの力が、あったということか？」

「そういうことだ。今もそうだが、政治、特に選挙には金がかかる。身もフタもないんだが、金で票を買うんだよ。金がかかり過ぎるので、それを、防ごうとして小選挙区制が、採用されることになったが、逆に、選挙で動く金が、前よりも大きくなったといわれている。あの頃、小野寺修は、郵政民営化反対の立場に、立っていてね。自分の立場に賛成する議員たちに、莫大な選挙資金をばらまこうとしていた。それも一人に百万単位なんかじゃないんだ。千万単位だよ。そうした大金を政治家にばらまいて、郵政公社の民営化を何としてでも阻止しようとしていたのは、公然の秘密だった。その小野寺修が、突然亡くなってしまった。総選挙で彼の資金をあてにしていた政治家たちは、権力者側が、主張する郵政民営化のほうに、走ってしまったんだ」

「だれかが、もし、小野寺修を殺せば、郵政民営化が実現してしまう。小野寺修は、危険を感じていたんだろうね。密かに、青森の、不老ふ死温泉で、特定郵便局長たちに、会おうとしていた。彼らは、集票力があったからね。それを防ごうとして、小野寺を殺したとすると、犯人は、郵政民営化に賛成の人間だったということになるね。そう考えるのが自然だ」

「普通に考えれば、その通りだ。ただ、記者たちも、誰が犯人なのかを調べたんだが、それでも、容疑者を、見つけるまでには、至らなかった」

「もう一つ、こちらの津村刑事が、十一年前に同じ不老ふ死温泉の露天風呂で、三十歳くらいの女性に会っているんだ。小野寺が殺された時にだ。津村刑事は、彼女が、犯人側の一人ではないかと、考えられると、いっているんだが、それらしい女は、十一年前の事件には、出てこなかったのか？」

と、十津川が、きいた。

十津川は東京の刑事だから、十一年前に青森県で起きた殺人事件には関係がなかった。津村刑事のことがあって、当時の新聞記事などを読んでいるのだが、あの事件について大略は分かったが、詳細はまだつかめずにいるのだ。

「たしかに、女性の影はあったが、彼女は、事件現場の不老ふ死温泉には泊まっていなかったし、その後、全く、出てこないので、どこの誰なのかは、今でも分からないんだ」

「小野寺修の女ということは、考えなかったのか？」

「もちろん考えた。小野寺は、女の方もお盛んだったからね。その彼女が、民営化賛成の政治家か、有力者に、金をもらって、それまで付き合っていた小野寺修を騙《だま》して、十一年前のあの日、夜の露天風呂に、誘い出して、誰かに、殺させたということも、考えたよ。しかし、何しろ、相手は怪物と呼ばれた、あの小野寺修だからね。付き合っていた女に裏切られるような、そんなミスは、犯さないと思うんだよ。第一、小野寺という男は、いくらでも、金を持っていたし、その金を自由に動かせたから、自分の女が、金で転ぶというようなことは、絶対に、させないだろう。私は、今でも、そう思っている。したがって、もし女が関係していたら、郵政民営化に賛成している側にいたのではないか、と思っている」

「それなら、どうして、あの時、小野寺は、わざわざ夜の露天風呂で、女に会ったりしていたんだろうか？」

「一つ考えられるのは、その女が、郵政民営化の、旗振りをやっている、政治家と親しかった。小野寺は、彼女から密かに、民営化を叫ぶ陣営の政治家や有力者たちの動きを、聞こうと、彼女を、不老ふ死温泉の夜の露天風呂に誘った。そういうことが、まず、考えられるんだが、女の、付き合っていた政治家か、有力者が、そのことを知って、殺し屋を、不老ふ死温泉に向かわせた。彼は、露天風呂に入っている小野寺と、女を見つけて小野寺を殺し、その罪を、女に着せようとした。しかし、女は、いち早く、逃げてしまった。そう考えると、少しは辻褄が合ってくる。つまり、その女は、郵政民営化に、賛成の政治家か、有力者と関係があって、彼女が小野寺修を、不老ふ死温泉の露天風呂に、誘い出したのではなくて、反対に小野寺のほうから女を誘い出して、口説き、郵政民営化賛成の政治家や有力者の動きを、探ろうとした。そう考えれば、何となく納得できるストーリーなんだよ」

と、田口が、いった。

「それで、それらしい女が、郵政民営化に賛成の政治家や有力者の周辺に見つかったのか？」

「それが、いくら探しても、見つからなかった」

「しかし、今、君は、郵政民営化に賛成している政治家か、有力者の女だとすれば、辻褄が合うといった。それなら、そんな政治家や有力者を、徹底的に調べていけば、問題の女が、自然に浮かび上がってくるんじゃないのか？」

「最初は、僕も、そう思った。だが、いくら探しても、見つからないんだ」

「だとすると、いったい、どういうことになるんだ？」

「最初、色っぽい、クラブのママのような女という噂だった。そこで、銀座、新宿、六本木と、東京中の主なクラブを調べてみたんだが、該当する女は見つからなかった」

と、田口が、いう。

十津川は、津村に目を移して、

「君が、その女に会ったのは、高校二年生の時だろう？　その時の、君の眼に映った女は、クラブのママのような感じだったのか？」

「その時、僕は、まだ、高校二年生でしたから、クラブのママという女性が、どういう女性なのかが、分かっていたわけじゃありません。ただ、十七歳の僕には、色っぽく見えたんです。今会えば、どう見えるか分かりません」

と、津村が、いった。

そこで、十津川は、田口に、

「高校二年生だから、クラブのママがよく分からず、色っぽいからそう思ったというのは、仕方がないことかもしれないな。それに、その女は、わざと、それらしくふるまっていたのかもしれない。自分の素姓を隠すためにね。逆に、理知的な女だったが、少年の彼に対して、色っぽく振る舞ったのかもしれない。当時の民営化賛成の政治家や有力者の女に、それらしい女がいたんじゃないのか？」

「もちろんクラブのママだけ調べたわけじゃない。ひょっとすると、逆な感じの、冷静で理知的な女性ではないのかと思って、その線も調べてみた。が、見つからなかった」

「そうか――」

「ああ、残念ながら、見つからなかった。その時、三十歳なら、今は、四十一歳になっているわけだが、その女が見つかったら、会ってみたいね。何のために、あの時、不老ふ死温泉の露天風呂に行ったのか、それを、聞いてみたいんだ」

「ところで、小野寺修には、特定の女がいたのか？」

と、十津川が、きいた。

「小野寺は普通に結婚して、子供もいた。奥さんは病気がちだったが、小野寺の仕事や女性関係を、邪魔するような奥さんじゃない。小野寺は、自由に動き廻り、巨額の財産を政治に使い、最後の政界の怪物といわれるようになった。金で政治家や有力者を動かすことができたのは、小野寺修が、最後ではないかといわれている。名前のわかる女は二人いたが、一人は、東大出の才媛でね。小野寺の秘書をやっていた。もう一人は、数字に強いので、小野寺の財産の管理を任されていた女性だ。彼は、この二人の女性を信頼していたといわれる。この女性二人は、十一年前のその日、東京にいて、不老ふ死温泉には、行っていないんだよ。だから、小野寺の死には、関係していない」

「小野寺は、男の秘書は、使っていなかったのか？」

「男の秘書も一人いたが、小野寺の場合は、女性を男のように使い、男の秘書は彼の身の回りの世話をしていた。そのせいもあってか、小野寺には、ゲイの嗜好《しこう》があるのではないかという噂も流れていたが、これは分からない。若い政治家が、好きで、その政治家に惚《ほ》れて、選挙の応援に、金を注ぎ込む。それが、小野寺の嗜好を表すものかどうかは分からない。純粋に、政治が好きだったのかもしれないからね」

「ところで、ご主人が亡くなったあとの、小野寺家の人たちは、どうしているんだ？　奥さんと、子供がいるときいたが」

「奥さんは、小野寺修が死んだ後、自ら人材派遣会社を設立して、その社長に、収まっている。息子は現在三十歳だが、政治家志望で、現在、長谷川《はせがわ》代議士の秘書になって、政治を勉強している」

「ちょっと待ってくれ。長谷川代議士というのは、もともと郵政民営化に、賛成だったんじゃないのか？」

「ああ、その通りだよ」

「それなら、殺された、父親の仇《かたき》ともいえる政治家じゃないか？　それなのに、息子は、どうして、そんな政治家の、秘書になっているんだ？」

「息子の名前は、小野寺勉《つとむ》というのだが、今さら民営化された郵政事業を、公社に戻すことはできない。だから、父親と、反対の立場を取っていた政治家であろうがなかろうが、そんなことは、問題ではないというのだ。息子の勉の目には、長谷川代議士は、若手の政治家の中ではもっとも、頭が切れて、政治家として大成する存在として映っている。だから、長谷川代議士の秘書になったのだと、いっている。たしかに、長谷川代議士というのは若いが、人望もあってね。あと四、五年の後には、大臣候補の一人になるんじゃないかね。したがって、長谷川代議士もだが、その、秘書をやっている小野寺勉も、将来性があると思われている」

と、田口が、いった。

「小野寺修には、東大出身の女性と、数字に詳しい女性という二人の優秀な女性秘書がいたときいたが、現在、この二人はどうしているんだ？」

「どちらも、小野寺が、十分な給料を払っていたから、すぐに金に困るようなことはなかった。東大出身の秘書のほうは、その後、名古屋にある会社の社長と、結婚している」

「数字に強い女のほうは、どうなんだ？」

「小野寺を見ていて、自分にも政治家の素質があると、思ったのか、現在は東京の都議会議員になっているよ。優秀な議員らしいから、そのうちに国会のほうに、出ていくかもしれない」

と、田口が、いった。

「その都議会議員の名前を教えてくれないか？」

「名前は、浅野由紀《あさのゆき》。現在、四十歳だ。与党の保守党に、所属している」

と、田口が、いった。

2

このあと、十津川は、津村を連れて、世田谷のマンションに住む浅野由紀に、会いに行った。

浅野由紀は、現在四十歳だと田口がいっているので、十一年前に、津村が不老ふ死温泉で会った女が三十歳ぐらいだったというから、ちょうど、年齢が合う。だから、津村にも、浅野由紀という女性の顔を、見るようにすすめたのである。

浅野由紀は、笑顔で、二人の刑事を迎えた。

四十歳の現在も、独身だという浅野由紀は、二LDKのしゃれた造りの、マンションの最上階、十五階に住んでいる。

彼女に会うなり、津村は小声で、十津川に、

「違います」

と、いった。

浅野由紀は、コーヒーを淹《い》れて、もてなしてくれた。

「警視庁の刑事さんが二人も、いったい何のご用でしょうか？」

と、きく。

「十一年前に、小野寺修さんが、亡くなりました。東京に住み、東京に、事務所があったのに、なぜか、青森県の不老ふ死温泉で亡くなったのです。それも、殺人でした。もちろん、そのことは、よく覚えていらっしゃると思うのですが、その時のことを、小野寺さんの身近にいらっしゃったあなたに、お聞きしたいと、思いましてね」

と、十津川が、いった。

「ええ、あの事件のことでしたら、今でもよく、覚えていますよ。でも、もう十一年も前のことです。それに、警視庁の事件ではないんじゃありません？　青森県で起きた事件ですから」

「その通りですが、実は、こちらの津村刑事は、十一年前の事件の時、同じ不老ふ死温泉に泊まっていたんですよ。その時、彼は、高校二年生でした。露天風呂で亡くなった小野寺修さんの死体も、見ています」

「津村刑事さん――？」

と、つぶやいてから、

「たしか、ご両親を、最近なくされた方じゃありませんか？」

と、由紀が、いう。

「その通りです」

と、津村が、いった。

「私が、最近、不老ふ死温泉に行っている時に、東京で、両親が亡くなりました。それも、殺されて、その上、自宅に火をつけられているんです。現在、刑事ですので、何とか、自分の手で、両親の事件を解決したいと思っています」

「そういうことでしたら、申し訳ありませんが、何のお役にも立てませんよ。十一年前には、小野寺修のところで、働いていましたけれど、小野寺が死んだ後、政治の道に進みたいと思って、東京都議会議員になることから始めました。今の私と、小野寺修とは、何の関係もありません」

冷静な口調で、浅野由紀が、いった。

「ところで、津村刑事の両親は殺されましたが、いまだに、容疑者は浮かんでいません。彼の両親のことを、いくら調べても、他人に恨みを買うようなところは、全くないのです。それに、利害関係から、誰かに殺されるようなことも考えられないので、殺される理由が、分からなかったのですが、ここに来て、ひょっとすると、津村刑事が、高校二年生の時に、不老ふ死温泉に行って、そこで小野寺修さんの死に、ぶつかった、そのことが、十一年経った今、犯人が、彼の両親を殺す動機になっているのではないかと、考えるようになったのです。そこで、十一年前の事件のことをこれから調べてみることにしているのですが、十一年前、あなたは、青森県の、不老ふ死温泉には行っていなかった。これは間違いありませんね？」

「ええ、不老ふ死温泉には、行っていません。東京に、残っていました」

「どうしてですか？　小野寺修さんは、あなたのことを、信頼していた。それなのに、どうして、あなたを連れていかなかったのでしょうか？」

「あの時、小野寺は、不老ふ死温泉で、当時の政治問題だった郵政民営化に関して、特定郵便局の局長たちと、密かに会うことになっていたんです。ですから、一人で行ったんだと思います。とにかく、郵政民営化の問題で大騒ぎになっていました。民営化に対して反対の立場だった小野寺は、私を連れずに一人で、当時はまだ湯治場だった、不老ふ死温泉で、特定郵便局の局長たちと、密かに会うことにしていたのだと思います。大事な時に、一人で動くのは、小野寺のクセでしたから」

と、由紀が、いった。

「あの時、小野寺さんは、殺される二日前から、不老ふ死温泉に泊まっていて、二日後に、特定郵便局の局長たちと会うことになっていたようです。それまでの二日間、小野寺さんは、不老ふ死温泉で、いったい何を、やっていたんでしょうかね？　向こうから、あなたに、連絡はありませんでしたか？」

と、十津川が、きいた。

「あの時は、小野寺が一人で動き廻っていて、私には、何の相談もありませんでしたし、その二日間、私には一度も連絡をしてきませんでした。きっと全国の特定郵便局の局長たちと難しい打ち合わせをしていたんだと思います」

と、由紀が、いう。

「その二日間、小野寺さんは、いろいろな人に、電話をかけていたようです。外から来る誰かを待って、いらいらしていたともききました。犯人が持ち去ったのだと思います。彼が連絡に使った携帯は、問題の女性とともに消えています。その頃、小野寺さんは、郵政民営化のことで、動き廻っていたんだと思うのですが、東京にいる時は、どんな様子でしたか？」

「あの頃は、絶えず郵政民営化に反対の政治家の方々に電話したり、お会いしたりしていました。時には、郵政民営化に賛成の政治家の方にも、電話していました。間もなく、総選挙だということで、小野寺は、自分の考えに、反対の政治家にも、金が必要だといわれれば、喜んで大金を渡していましたから」

「郵政民営化に小野寺さんは、反対でしたよね？」

「ええ、誰に向かっても、自分は郵政民営化には反対だと、はっきりいっていましたから」

「それなのに、民営化に、賛成の政治家にも会っていたんですか？　援助もしていたんですか？」

「ええ、郵政民営化には賛成だが、総選挙には、金が足りない。何とかしてほしいといってくる方もいらっしゃったのです。そんな時には、自分の考えに反対の政治家の方にも喜んで、選挙に必要な資金を、渡していました」

「どうして、自分とは反対の考えの政治家にも、選挙資金を渡していたんですか？」

「小野寺は、常々いっていました。今の政治環境では、政治家には金が必要になる。自分とは反対な考えの政治家の方にもお金を使っていただく。いつか、それが、役立つことがあるんだ。そういっていました」

「それは、どんな政治家に対してもでしょうか？　それとも、政治資金を渡しておけば、いつかは、自分の意見に、賛成してくれるのではないかという、そんな期待を持って、渡していたんでしょうか？」

「そこまでは、分かりませんけど、いつかは自分の役に立つという、信念を持っていたようです」

と、浅野由紀が、いった。

「小野寺さんは、いつか、自分の役に立つだろうと思って、反対意見の政治家も、援助していた。それでも、最後の最後まで、自分の意見に、反対だという政治家もいたわけでしょう？　そんな相手に対して、小野寺さんは、どんなことをいっていましたか？」

「十人のうち、一人だけでも自分の意見に、賛成するほうに回ってくれれば、それで十分だと、いっていました。いくら援助してやっても、最後まで小野寺の意見に反対の人もいましたけど、それについて、小野寺が文句をいっているのをきいたことは、ありません。小野寺は、資金的な援助をして政治家を喜ばせるのが好きだったんだと思います」

「郵政民営化の議論の中で、全国の特定郵便局が廃止されるという話もありましたね？　当然、郵政民営化反対の、小野寺さんのところに、特定郵便局の局長が、しきりに顔を出していたんじゃないかと思うのですが、どうですか？」

「事務所の近くに、Sホテルがあるんですけど、そこの宴会場に、全国の特定郵便局の局長を集めては、ご馳走していましたよ。ですから、あのまま、総選挙になっていれば、票集めのうまい、特定郵便局の局長さんたちは、郵政民営化反対のために動いてくれるはずだと、小野寺は、期待していました」

「あなたは、小野寺さんの奥さんや、息子さんにもよく会っていたんですか？」

「私と小野寺の仲は、公然の秘密でしたから、平気で私を家に呼んだりしていました」

「現在、奥さんの紀子《のりこ》さんは、人材派遣会社をやっていますね？　その人材派遣会社は、奥さんの名前を入れて、株式会社ノリコとなっていますが、うまく、いっているんでしょうか？」

「さあ、どうでしょう？　最近の奥さんのことは、よく知らないんですよ。小野寺が亡くなってから、人材派遣会社を、立ち上げて、社長をやっていることは知っています」

「息子の勉さんのことはどうですか？　彼は今三十歳で、長谷川代議士の秘書を、やっていますが」

「息子さんのことも、あまりよく知りません。私が小野寺の下で働いていた頃、勉さんはまだ、大学生でしたから」

と、由紀が、いう。

十津川は、目の前の、浅野由紀に向かって、

「もう少し、正直に、話してもらえませんかね？」

「正直にお話ししているつもりですけど」

「あなたは今、小野寺さんの家族については、よく知らないと、いいましたが、小野寺さんは以前、何かに、書いているんですよ。私は無神経というか、だらしがないというか、妻や子供のいる前で、女性秘書たち二人と、平気でしゃべっているし、妻や子供のことを、そうした女性秘書たちに、相談したりしていた。私は、細かいことを、あれこれ考えない主義で、女性同士がケンカをしようが、一緒になって私に反抗しようが、全く構わない主義である。二人の女性秘書には、妻の紀子のことや、息子の勉のことを平気でしゃべっているから、私の妻子のことについては、私以上に、詳しく知っているはずである。小野寺

さんは、こんなふうに書いているんですよ。それなのに、あなたは、小野寺さんの家族については、何も知らないとおっしゃる。ちょっとおかしいじゃありませんか？」

十津川が、いうと、由紀は、小さな笑い声を立てて、

「あなたが、刑事さんでなければ、自分が知っていることを、全部話しますよ。でも、あなたは刑事さんだし、今も小野寺が殺されたことを、調べているんでしょう。だから、小野寺の奥さんや子供のことも調べているんじゃないか？　そう思ったから、知らないといったんですよ」

「あなたを、容疑者だとは、考えていませんから、正直に話してくれませんか。小野寺さんが亡くなったのは、青森県だし、捜査の権限は、青森県警にあります。しかし、先日、東京で起きた殺人放火事件は、十一年前の小野寺修さんの事件と、関係があると思っています。それで、いろいろと、お聞きしているんです。小野寺さんの奥さんが、人材派遣会社をやるようになった理由は、何でしょうか？　そのことについて、何か、聞いたことはありませんか？」

「たしか、紀子さんは、誰かに勧められて、その仕事をやるようになったと、聞いています。小野寺と、付き合っていた政治家の一人じゃなかったかしら？　名前は忘れてしまいましたが、たしか、そんな話をきいたことがあります」

「小野寺勉さんのほうはどうですか？　郵政の民営化には、小野寺さんは、反対していた。しかし、勉さんが秘書をされている政治家、長谷川代議士は、当時、郵政民営化に、賛成だった政治家です。どうして郵政民営化を、推進している政治家のところに行くことになったんですかね？　勉さん自身は、長谷川代議士は、優秀な政治家だから、勉強のために秘書になった、といっているんですが、その点はどうなんですか？」

と、由紀が、いう。

「私も、ちょっとおかしいなと思っているんです」

「長谷川代議士は、当時、郵政民営化に賛成の立場でしたが、小野寺さんは、当時、長谷川代議士を知っていたんでしょうか？」

「正直にいっても構いません？」

「もちろん」

「当時、首相は、郵政民営化の音頭を取っていて、長谷川代議士も部下の一人でした。当時の首相は、現在引退していますが、長谷川さんの方は、今でも、あの首相の下で、郵政民営化の旗を振っていたのは正しかったと、いっている人です。だから、警戒していたんじゃないでしょうか？」

「それなのに、どうして、小野寺さんの息子さんは、長谷川代議士の、秘書になっているんでしょうか？　小野寺さんは、今あなたがおっしゃったようなことを、息子さんにも、話していたと思うのですが、どうして長谷川代議士の秘書になったのか、私には、不可解です。あなたは、どう思われますか？」

「私にも、分かりません」

「事件の頃、息子さんの勉さんは、大学生ですよね。その頃の息子さんは、どんな、感じでしたか？」

「理屈っぽい、大学生でしたよ。何かの反対運動に参加して、警察に捕まって、留置されたこともあったと、聞いています」

「どうして、学生運動をやっていたんでしょうか？　父親の小野寺さんが、いちばん嫌うことだと思うんですが」

「小野寺は、そのことを、別に怒ってはいませんでした。今の学生だから、仕方がないだろうと思っていたようですが、その頃から、息子さんと気持ちが合わない感じでした」

「それでは、長谷川代議士の秘書になったと聞いて、ビックリしましたか？」

「学生時代から変わった人でしたから、ビックリはしましたけど、人が驚くようなことを平気でやる人でしたから」

と、由紀が、いった。

3

翌日、十津川は、津村を連れて、小野寺修の息子、勉に会いに出かけた。現在、小野寺が生存中に買い与えたという新宿西口のマンションに住んでいた。彼の都合で、近くのカフェで会うことになった。

小野寺勉は、亡くなった父親に顔がよく似ていた。

「現在、長谷川代議士の秘書をやっておられますね？　毎日楽しいですか？」

と、十津川が、きいた。

小野寺勉は、笑って、

「政治の勉強に、楽しいことなんか一つもありませんよ。政治家の仕事なんて、汚いことが多いし、そういうことも覚えなくてはなりませんから」

と、いう。

「どうして、長谷川代議士の、秘書になったんですか？　お父さんの関係で、どんな政治家の秘書にだって、なれたんじゃありませんか？」

「たしかに、そういわれることもあります。今の政界で、長谷川先生は、とにかく、野心家で、現在は、一代議士にすぎませんが、将来は保守党の総裁になり、総理大臣になって、日本の政治を、動かすんだと、平気でおっしゃるんですよ。長谷川先生は、必ず将来総理大臣になる。そう思ったので、お願いして、秘書にしていただいたんです」

「しかし、お父さんの、小野寺修さんはご存命中、郵政民営化に、反対で動いていらっしゃった。そんな時、郵政民営化に賛成の旗を振っていた一人が、長谷川代議士でした。そのことは、当然、知っておられたんでしょう？」

「ええ、もちろん、父親からは、長谷川という男は、油断がならないとか、手強《てごわ》い相手だという話は、聞いていました」

「それなのに、どうして、長谷川代議士の秘書に、なったのですか？」

「もう、郵政民営化は決まってしまったことですからね。今さら、ひっくり返すことはできませんよ。ですから、その問題は抜きにして、今の政治家たちの中で考えると、どうしても長谷川先生がいちばんということになってしまうのです。それ以外の理由は、ありません。私自身も、将来、日本の政治を、動かすような人間になりたい。それには、長谷川先生の秘書になって、政治のことを、いろいろと教えていただく必要があると思っているんです」

「私も一つだけ、小野寺さんに、聞きたいことがあるのですが、構いませんか？」

と、津村が、横からきいた。

「構いませんよ。何でも、聞いてください」

「私の両親は、先日、殺されました。父の名前は、津村利一郎、五十八歳。母は津村千枝子、五十七歳。私の両親の名前を、お父さんの修さんから、お聞きになったことはありませんか？」

「お父さんは津村利一郎さん、そして、お母さんは津村千枝子さんですね？」

「ええ、そうです」

津村は、手帳を取り出すと、そこに名前を書いて、小野寺に、見せた。

小野寺勉は、しばらく、見つめていたが、

「申し訳ありませんが、記憶にありませんね」

と、いった。津村は、今度は、両親の写真を、取り出して、

「これが、私の両親ですが、この顔に、見覚えはありませんか？」

と、きいた。

今度も、小野寺勉は、じっと、見ていたが、首を横に振って、

「申し訳ありませんが、お二人の顔に記憶はありません。私は、どちらかといえば記憶力がいいほうだから、一回でもお会いしていれば、覚えているはずなのですが。お役に立て

ずに申し訳ない」

と、繰り返した。

捜査本部に戻ると、十津川は、亀井刑事も交えて、津村に、

「もう少し、関係者の話を、きいてみたい。君の、殺されたご両親についても、何か、分かるかもしれないからね」

と、いい、亀井も、

「先日、監視カメラでつかんだ男の写真があっただろう？　今、それを、東京都内の各警察署に送って、調べてもらっているんだ。それ次第で、何か進展があるかもしれないよ」

と、いってくれた。


ところが、次の日、津村は、十津川には黙って、早朝から、東北新幹線に乗ってしまった。その車内から、十津川に電話をしてきたのである。

「申し訳ありません。私としては、どうしてももう一度、不老ふ死温泉に行き、十一年前のことについて、いろいろと、聞き回ってみたいのです。二日後には、必ず、東京に帰りますから、お許しください。もし、このことが、原因で、警視庁を追放されても、文句はありません」

十津川は、本気で、腹を立てた。亀井にも何の連絡もなしだときいて、なおさら腹が立った。

自分のいうことを、聞かなかったということに腹を立てたのではなくて、現在、津村が、一人で不老ふ死温泉に行き、聞き回ったら、彼の身に、危険が迫るのではないか？　何しろ、先日、動機も分からないままに、津村の両親は、殺されてしまったのだ。次には、津村本人に、犯人の殺意が向かうかもしれないのである。その恐れが十分にあったので、しばらく、東京で、調べられることを、調べてから、不老ふ死温泉に行くようにといっておいたのに、そう思うと、腹が立つし、不安でもあった。

「心配でしたら、私が、これからすぐ、不老ふ死温泉に行き、津村を連れ戻しますが？」

と、亀井が、いう。

「いや、その必要はないよ」

腹を立てたまま、十津川が、いった。

「津村も二十八歳だ。それに警視庁の刑事でもある。その男が、われわれに黙って、不老ふ死温泉に行くというのは、何かどうしても、調べたいことがあったんだろう。だから、次の報告を待つことにしよう」

4

その頃、津村は、弘前で五能線に乗り換えていた。乗ったのは、快速「リゾートしらかみ」である。

快速「リゾートしらかみ」は、赤字の五能線を、救ったともいわれている。観光列車が赤字の路線の救世主になることは、珍しいが、五能線の場合は、それが、成功した。現在、通常は一日に上下線とも三本の快速が、走っている。

今回、津村が、乗った「リゾートしらかみ」は、観光列車らしく、三号車では、津軽《つがる》じょんがら節ライブが、行われ、男女の演者が津軽三味線を弾き、津軽じょんがらを歌ってくれることになっていた。

その上、一号車と、四号車には展望ラウンジがあって、外を向いて座れる椅子があり、椅子に座ったまま窓の外の景色を、楽しむことができるようになっていた。

しかし、津村は、その津軽じょんがらを聞いていなかった。今度こそ何かの手がかりを、不老ふ死温泉で、発見したい。もし、発見できれば、東京の殺人事件の捜査に、役に立つに違いないのだ。

十津川に黙ってきてしまったことについては、叱責《しっせき》されるだろう。しかし、何らかの収穫を持って帰れば、怒りを収めてくれるのではないかと、津村は、思っていた。

深浦で、快速を降り、不老ふ死温泉に行くバスに乗った。深浦から、バスで不老ふ死温泉に行くのは今回がはじめてだった。

旅館のフロント係は、津村のことを、覚えていてくれて、

「新聞、読みましたよ」

と、いったのである。そして、

「大変でしたね。大丈夫ですか？」

とも、いってくれた。

津村が礼をいうと、フロント係は、

「新聞には、津村さんは、警視庁の刑事さんで、ご両親の事件を、担当されることになったと書いてありましたが、そうですか？」

「そうです。両親の事件の捜査を、担当することになりました。東京での捜査の前に、こちらで起きたことを知りたくて、来たんです。あの日、両親を殺した犯人は、私がこちらに来ていることを、知っていたのか、そんなことから考えたいんです」

津村が、フロント係に、いった。

「古手の仲居が、おりますから、その仲居に、津村さんのお部屋に、行くようにいっておきましょう。この不老ふ死温泉では、生き字引のような、女性ですから」

部屋に入り、海を眺めていると、フロント係がいった、仲居が、来てくれた。

小柄な女性で、名前は相川弘子《あいかわひろこ》、五十歳だという。三十年前から、この不老ふ死温泉で働いていた。津村が高校二年生で、ここに来た時には、相川弘子は、すでにこの温泉で、働いていたのである。

「十一年前に、ここで、事件があったんですが、相川さんは、あの事件のことを、覚えていますか？」

と、津村が、きく。

「もちろん覚えていますとも。たしか、お客さんは、高校生で、その時、ここに来ていらっしゃったんじゃありません？　その頃、ここは湯治場で、学生さんのような若い人が来るのは、珍しかったので、覚えているんですよ。あの時、警察にいろいろと聞かれて困ったんじゃありませんか？」

「ええ、一時は、犯人扱いされましたからね」

と、笑ってから、

「あの時、殺された小野寺修さんは、ここで誰かに会うことになっていたみたいですね？」

「ええ、全国の、特定郵便局の局長さんたちを招待していました。ここで、いろいろと相談しようと、思っていたんだと思います。あの頃は、郵政民営化で、大騒ぎでしたから」

相川弘子が、あっさりという。

この分なら、この仲居さんは、いろいろと知っていて、話をしてくれるのではないかと思いながら、

「小野寺さんは、殺される二日前から、この不老ふ死温泉に、来ていたということでしたが、その通りですか？」

と、津村が、きいた。

「私は、あの時、小野寺さんの、係ではなかったので、詳しいことは、分からないんですが、担当の仲居にきくと、小野寺さんは、やたらに電話をかけていたそうです。まるで、この旅館を、ご自分の事務所のように、使っていたみたいですよ。その頃、流行《はや》りだした携帯電話を使って、いろいろな人に、電話をかけ、時には怒鳴ったりしているのを、先輩の仲居が、聞いたそうです」

「ちょっとばかり怖い人だとはいっていませんでしたか？」

「ええ、見た目は、怖そうでしたが、話してみると、意外に優しい方だといっていましたよ」

「どんな人に、どんな電話を、かけていたか分かりませんか？」

「私には、そこまでは分かりません。その点は、小野寺さんの係だった先輩なら分かると思いますよ。でも、仲居は、もう辞めていますよ」

と、相川弘子が、いう。

「彼女の名前を教えてもらえませんか？」

「金子貞子《かねこさだこ》さんです」

「今、どこにいるか、分かりますか？」

「辞めて結婚なさったという話は、聞いていますけど、今、どこにいるのかは知りません。深浦の役場で、聞けば、分かるかもしれませんよ」

と、相川弘子が、いう。

「いつ辞めたのですか？」

「あの事件が、起きてからすぐです。殺人事件があったので、怖くなったといって、辞めたんです。たしか、その後で、結婚したんだと思います」

と、相川弘子が、いった。

津村は、夕食までにはまだ時間があるので、深浦の役所に行き、そこの、生活課で、金子貞子という、不老ふ死温泉の、元仲居の消息を聞いてみた。

「今はたしか、結婚なさって、青森に住んでいると、聞いています。名前は古賀《こが》さんに変わっているはずです」

と、いって、青森の住所を、教えてくれた。青森市内で、食堂のおかみさんになっているという。

翌日、津村は、朝早く旅館を出て、青森に向かった。

青森に着いて、深浦の役場が教えてくれた所番地を探すと、小さな食堂が、見つかった。「みちのく」という名前の食堂である。そこで、古賀という名前に変わった、金子貞子は、結婚した相手と二人だけで、食堂をやっていた。

津村は名刺を見せて、身分を明かしてから、古賀貞子に、十一年前の事件について、話を聞きたいといった。

ちょうど、客がいなかったので、その店の近くにあったカフェで、話をきくことができた。

古賀貞子は、あの時、殺された小野寺修の係だったので、彼のことは、よく、覚えているといった。

「小野寺さんは、携帯電話を使って、いろいろな人に、電話をしていた。時には、相手を、大きな声で怒鳴りつけていたそうですね」

と、津村が、いった。

「そうなんですよ。それで、怖い人かと思ったら、話してみると、そうでもないので、安心しましたけど」

と、古賀貞子が、いう。

「電話で誰と、どんな話をしていたのか分かりますか？」

「詳しいことは、分かりませんけど、何でも、次の、総選挙のことで、いろいろと、指示を出していたのでは、ありませんか？　今度の選挙では、誰々さんには、いくらぐらいの選挙資金を送ってやるとか、そんな話を、していましたから」

「個人名も、聞こえましたか？」

「ええ。でも、私は、政治家の名前を、全部知っているわけではありませんから、新聞やテレビに、よく名前が出てくる政治家の方の名前が出てくると、ああ、今、あの先生に、かけているんだと思ったりしましたけど、知らない政治家の名前は、聞いても、覚えていません」

「それでは、あなたが覚えている、政治家の名前だけでも、教えてもらえませんか？　小野寺さんがその政治家にかけていた内容も、覚えていたら、教えてください」

津村は、貞子が口にした名前を、自分の手帳に書き留めていった。

その名前は、三人だった。二人は、津村もよく知っている大臣の、名前であり、残りの一人は、知らなかったが、これも、政治家の名前だろう。

津村は、今、メモした、手帳を見ながら、

「渡辺《わたなべ》さんは外務大臣、片山《かたやま》さんは財務大臣ですね？　この二人は、知っているんだけど、加瀬《かせ》さんというのは、どういう人ですか、初めてきく名前なんですが――」

「私も、知らなかったんですけど、小野寺さんが、この加瀬さんだけには、加瀬先生と丁寧に呼んでいたので、それで、覚えているんです。ひょっとすると、小野寺さんが、学生時代にお世話になった、恩師の先生なんじゃありませんか？」

と、貞子が、いう。津村は、学校の先生ということはないだろうと思いながら、

「この加瀬さんという人には、何度も、電話をしていたんですか？」

「二日間、私は、小野寺さんの担当だったんですけど、その間に四、五回は、かけていたんじゃありませんか？　そのたびに、丁寧に先生というので、気になっていたんです」

と、貞子が、いった。

「ほかに何か、小野寺さんのことで、記憶に残っていることはありませんか？」

と、津村が、きいた。

「どんなことでも、いいんですか？」

「もちろん」

「怖い人だと思っていたのに、二日目でしたか、私に向かって、とても、優しい口調で、あなたには、子供さんがいるの、と聞かれました。私はまだ、独身なので、子供はおりませんといったら、子供なんかいないほうがいいよといわれたのを、よく、覚えているんです。小野寺さんが、なぜ、あんなことを、いったのかは分かりませんけど」

と、古賀貞子が、いった。

それ以外には、記憶がないといわれて、話を終えた津村は、青森から、十津川に連絡した。

「勝手なことをして、申し訳ありませんでした。どうしても、自分の手で調べたいことが、あったものですから」

と、いうと、

「そのことは、もういい。それで今、不老ふ死温泉に、いるのか？」

十津川が、きく。

「今は青森です。私が高校時代に不老ふ死温泉に行った時、仲居さんをやっていた人が、辞めて、今、青森に、いるというので、私も、青森に来て、彼女から当時のことを、いろいろと聞きました。警部におききするのですが、加瀬という政治家をご存じですか？」

と、津村が、きいた。

十津川は、

「加瀬？」

と、オウム返しにいってから、

「大物と呼ばれている、保守党の長老のことじゃないのか」

と、いった。

「保守党の長老ですか？」

「ああ、そうだ。若い君は知らないかもしれないが、保守党の長老といわれていてね、党内で何か問題があると、若手の政治家たちが、彼のところに意見を聞きに行ったものだ。そういえば、最近名前を、きかないな。加瀬俊太郎《しゅんたろう》は、今、八十八歳か九歳だが、隠然とした力を、保守党の中で持っているといわれている。その人が、どうかしたのか？」

「十一年前ですが、不老ふ死温泉に、泊まっていた小野寺修が、二日間で、四回か五回、加瀬という人に、電話をしていたというのです。電話の内容は分かりませんが、その時には、いつも、先生、先生と、呼びかけていたというのです」

「それでは、こちらで、加瀬元代議士について調べておくから、君は、すぐ東京に帰ってきたまえ。今度は、君が狙われるぞ」

十津川に、そこまでいわれては、これ以上、不老ふ死温泉に残っているわけにはいかなかった。青森から、不老ふ死温泉に戻るとすぐ、チェックアウトの、手続きをして、五能線に乗った。

5

帰りは、秋田に出て、秋田新幹線で、東京に戻った。

東京駅から、連絡すると、十津川が出て、

「気になる事件が起きた。すぐこちらに、帰ってこい」

と、いわれた。

そのまますぐ電話を切られてしまったので、どんな事件が、起きたのかは分からない。

そこで、東京駅から、タクシーに乗って、急いで、捜査本部に戻ると、十津川が、一人で津村を待っていた。

「何か事件が起きたということですが——」

と、津村が、いうと、

「午後六時頃、不老ふ死温泉の、相川弘子という仲居から、君に電話が入った」

「その頃でしたら、私はちょうど、新幹線の中だったと思います」

「何でも、その仲居は君に、事件の後に辞めた、古手の仲居を紹介したらしいね」

「そうです。それで、その人に会いに、青森まで、行っていたのです」

「その人が死んだそうだよ」

「死んだ？　本当ですか？」

「交通事故だったそうだ」

「いつのことですか？　今日の午前中に、その仲居さんに会って、いろいろと聞いたんです。加瀬という保守党の長老の名前も、その古手の仲居さんから聞いたんです。交通事故というのは、どういうことでしょうか？」

「詳しいことは、まだ分からないのだが、相川弘子という仲居は、先輩の仲居に電話して、どんなことを君に話したのかを聞いてみようと思ったら、トラックにはねられて病院に運ばれて、亡くなったと聞かされたというのだ」

「私は、まだ、信じられません」

津村は、そういうより、仕方がなかった。

「しかし、相川弘子という仲居が、警察にウソをつくはずはない。交通事故で死んだというのは、本当だろう。テレビをつけてみたんだ。ニュースでやらないかと思ったのだが、まだ、この交通事故については、ニュースに出てこなかった」

と、十津川が、いった。

「本当の交通事故でしょうか？」

と、津村が、きいた。

「どうして？」

「私が青森まで行って、いろいろと、十一年前に死んだ小野寺修について話を聞いた、直後ですから、あまりにも、タイミングがよすぎます。これが、交通事故に見せかけた殺人なら、彼女が、殺されたのは、私のせいのような、気がします」

と、津村が、いう。

午後九時の、全国ニュースで、この事故のことが報道された。

「青森市内で、歩道を歩いていた五十代の女性が、トラックに、はねられて死亡しました。警察は、トラックを、運転していた十九歳の少年を逮捕して、詳しい事情を、聞いています。死亡したのは、青森市内に住む、古賀貞子さん、五十五歳と、判明しました。貞子さんをはねた十九歳の、トラック運転手の少年は、軽いショックを、感じたので、人をはねてしまったのではないかと、思ったが、捕まるのが、怖かったので、そのまま、逃げてしまったと、話しています」

津村は黙って、ニュース画面を見ていた。

一方、頭の中では、今日の午前中に、会って、話をした古賀貞子の顔と、訛《なま》りのある彼女の声を思い出していた。その古賀貞子が、七時間後には、死んでいたのだ。

「私には、これは、単なる交通事故ではなくて、交通事故に見せかけた、殺人であるような気がしてなりません」

と、津村が、十津川に、いった。

「たしかに、交通事故に見せかけた殺しの可能性もある。これが君のいうように、殺人だとしたら、犯人がいて、元仲居の口を封じたことになる。そして犯人は、次に、君の口を封じようとするだろう。だから、ここは用心深く、行動した方がいい。もし、殺人なら、その証拠をつかんでから、事件を、公にしたほうがいい」

たしかに、十津川の、いう通りなのだ。十津川と亀井から、すぐには、行動するな、こちらで、もっと調べてから動けと、いわれていたのに、我慢ができずに、勝手に動いてしまった。そのせいで、古賀貞子という、元仲居が殺されてしまったとすれば、その責任は、津村にあるのだ。

「何とかして、犯人を捕まえてやりたいと思いますが、どうしたらいいでしょうか？」

と、津村は、十津川に、きいた。

「君は、古賀貞子という元仲居から、十一年前の殺人事件について、いろいろと、教えてもらったんだろう？　その知識を生かして、犯人をあぶり出し、殺しの証拠をつかんで、殺された元仲居の仇《かたき》を討つんだ。君には、その責任がある」

と、十津川が、いった。

6

翌日、刑事たちが揃ったところへ、十津川が、指示を与えた。

「保守党だった、加瀬という、元政治家がいる。八十九歳の長老だ。十一年前の不老ふ死温泉での殺人事件と、最近起きた、津村刑事の両親の殺人事件、この二つの、殺人事件に、どんな形かは分からないが、この長老といわれる加瀬元代議士が、関係しているらしい。これが事実なら、どう関係しているのか、調べてもらいたい。ただし、加瀬元代議士のほうから、横やりが、入るかもしれない。何しろ、政治の世界で、長老と呼ばれている人間だからね。したがって、慎重に、行動してほしい」

十津川の命令一下、刑事たちは、一斉に加瀬俊太郎の周辺を調べ始めた。問題は、十一年前の郵政民営化の時の彼の動きだった。

加瀬俊太郎は、もともと、郵政民営化について、賛成だったのに、反対派の小野寺修に対して、あたかも自分が本当は、反対派であるかのように騙し、小野寺は、加瀬が最後には、反対に動くことを信じて、先生と呼んだり、贈り物を、してきたのである。

しかし、小野寺が、死んだ途端に、加瀬は、もともと自分は郵政民営化賛成だったと、声をあげたのだ。

現在、郵政事業は、民営化されてしまって、元に戻ることはまずない。そこで加瀬は、次は憲法問題だと読んで、密かに動き出していることがわかった。

加瀬は、代議士たちの会合に、出席しては、憲法に関する話をし、憲法を順守するようなことをいったかと思うと、他の会合では、改正の先頭に立つようなことをいっている。憲法改正について、賛成派も反対派も、加瀬を何とかして、自分たちの味方にしようと必死なのだ。

「たぶん、十一年前の、郵政民営化の時にも、加瀬は、両方に調子のいいことをいい、両派から、先生といわれ、最後には、民営化賛成のほうに動いたのだ」

十津川は、言葉を続けて、

「加瀬のことを、政界の老いたコウモリと呼ぶ人もいる。問題が起きると、最初のうちは、どっちつかずの態度を取って、自分を、賛成、反対の両派に、売り込む。大勢が決まりかけると、優勢なほうに、肩入れして、例えば、郵政の民営化の時には、自分は、前々から民営化に賛成であり、自分が、いろいろと、裏で動いたので、民営化が、実現したかのようにいうのだ。中には、加瀬のことを、バカにしたり、加瀬を卑怯者だという人もいるが、何といっても、保守党の中では最長老であり、ある程度の力もあるので、内心は嫌っていても、先生とか、長老と呼んで、力を借りようとする。加瀬の存在が、保守党のガンだという人もいる。殺された、小野寺修が、電話で盛んに、先生、先生、と呼んでいたというが、小野寺は、加瀬のことを、煙たいと思っていたに違いないんだ。どっちにつくか分からない、コウモリのような存在だからね。それでも、加瀬の存在を無視するわけにもいかなかった」

「そうなると、結果的に、小野寺は、加瀬俊太郎を、どう思っていたんでしょうか？」

と、津村が、きいた。

「小野寺は、口では、先生、先生と持ち上げていたが、結果的には、加瀬を無視するような態度を取っていたらしい。それに対して、加瀬は、いつも、腹を立てていたようだ。結局、小野寺は、言葉とは裏腹に、加瀬俊太郎を邪魔な存在だと思っていたのが本音だろう。

加瀬のほうも、小野寺に対して用心していた。それは間違いない」

と、十津川が、いった。

問題は、加瀬が、十一年前の小野寺修殺しに、関係しているか、どうかということになる。

「こうして見てくると、小野寺修という最後の怪物には、敵が、やたらに多かったようですね」

と、亀井が、いった。

「おそらく、政治家というのは、見る角度によって、敵か味方か、分からなくなるんだ。怪物と呼ばれた、小野寺修は、敵にも選挙資金をドンドン与えていた。現在は敵でも、恩義を与えておけば、いつかは、自分の味方になると信じていたに、違いないんだ。そんな、カネの力で、政治を動かそうとする小野寺のことを、煙たく思っている人間も多かったんだと思う。それが郵政民営化の時に燃え上がって、小野寺修が殺された。こうなると、小野寺修にとって、誰が敵で、誰が味方だったか、慎重に考えないと、失敗する。といっても、時間はものすごい速さで動いているから、ゆっくりできない」

十津川は、部下の刑事たちを、励ました。

第四章　蜃気楼《しんきろう》号

1

突然、津村のところに、親展と書かれた手紙が届いた。差出人の名前は、どこにもない。いかにも、怪しげな手紙ではあったが、中から取り出した便せんに書かれた文章を読んでいるうちに、津村は、次第に、興奮してきた。そこには、こんな文章が、書かれていたからである。

「十一年前の不老ふ死温泉での、あの出来事のことは、もちろん、今でも覚えていらっしゃいますよね？

あなたが、あの時の真相を知りたがっているという噂を、耳にしました。

私は、真相を知っています。

あなたが、私の指示する通りに動いてくれれば、十一年前の真相と、それから、あなたの両親が殺された事件の真相も、話してさしあげます。

そのための条件は、この手紙について誰にもしゃべらないこと。

警察の同僚にも上司にも、このことを、話してはなりません。

もし、あなたが、しゃべってしまったら、この話は、なかったことに、します。

この手紙に、七月十三日の『リゾートしらかみ』の東能代《ひがしのしろ》から終点の弘前までの切符を、入れておきます。今もいったように、警察の同僚にも、上司にも話さずに、午前九時二十分東能代発の下り『リゾートしらかみ』に乗ってください。

間違いなくおひとりで来たことを確認したら、すべてをお話しします。


あの時の女」


文章は短かったが、書かれていることに、津村は興奮した。手紙にあるように、封筒の中には、間違いなく、七月十三日の下りの「リゾートしらかみ」の東能代から、弘前までの乗車券と、指定席券が入っていた。

読み終わった津村は、手紙の指示にしたがって、七月十三日の午前九時二十分までに東能代駅に行き、下りの「リゾートしらかみ」に、乗るつもりになっていた。

誘いに応じて、大丈夫なのか、ひょっとすると、何か、危険な罠《わな》ではないのかといったようなことを、津村は、初めから考えなかった。

この時、彼が考えたのは、手紙の指示にしたがって七月十三日に、五能線に乗ることを、同僚や上司の十津川警部に話すのか、それとも、女に、指示されたように、黙っているのかということだけだった。

津村は、すでに、警視庁捜査一課の刑事として、上司の十津川警部や、同僚たちと一緒に、事件の捜査に、当たっている。

本来ならば、上司の十津川か同僚に、この手紙のことを、きちんと話してから、七月十三日に五能線に乗るべきだろう。津村にも、そのことはわかっている。

しかし、手紙の差出人は、このことを、同僚や上司に話したら、その時点で、この話は、なかったことに、します、と書いている。

それでも、津村は、同僚や上司の十津川に、話すべきか迷いながら、時刻表を取り出して、五能線のページに、目をやった。

この事件を担当することになったというか、この事件に巻き込まれたというべきか、そのために、久しぶりに買った時刻表である。その五能線のページを開けてみる。

一目見て、そのページが、賑やかであることに、驚いた。

東北の五能線といえば、かつては、普通列車しかなく、日本海から吹きつけてくる強風や雪のために、時々、列車が動かなくなることがあった。

しかし、今、時刻表を見ると快速列車が下りだけでも、特別列車も入れて五本も走っている。その上、不老ふ死温泉などは、昔は知る人ぞ知る、ひなびた湯治場で、いつ行っても簡単に泊まれたのに、今は、立派なホテルがある、人気の温泉になってしまった。

不老ふ死温泉は、今では、予約なしでは泊まることが難しい。五能線は、観光路線として、完全に、成功したといえるだろう。

快速列車が五本も走っているところから見ても、たしかに、五能線は、楽しい観光ルートと、いってもいいだろう。

問題の手紙の中に入っていたのは、七月十三日九時二十分、東能代発の「リゾートしらかみ」の切符である。

時刻表で、その「リゾートしらかみ」のところを見ると、一号、三号、五号といった号数ではなくて、「蜃気楼《しんきろう》号」と書かれている。どうやら、これは、観光列車につけられた、あだ名のようなものらしい。

そこで、津村がＪＲ東日本の秋田支社に、電話をして、蜃気楼号というのは、どういう、列車なのかを聞いてみると、電話に出た相手は、笑いながら、

「とにかく、一度でも、乗っていただければ、どんなに楽しい列車なのか分かっていただけます。別に、めちゃくちゃな走りをする列車では、ありませんし、蜃気楼号という名前の通り、賑やかで面白い列車ですから、私が、いちいち説明するより、とにかく一度、乗っていただければ、二度三度と乗りたくなりますよ」

と、いうのである。

そこで、津村は、時刻表にある「リゾートしらかみ蜃気楼号」の時刻表を書き出してみた。

五能線は、正確にいえば、東能代から弘前までだが、この列車には、秋田からでも乗ることができる。

順番に、駅の名前と発車時刻を、書いていった。秋田　八時二十分、東能代　九時二十分、能代　九時三十五分、あきた白神《しらかみ》　九時五十八分、岩館《いわだて》　十時〇三分、十二湖　十時二十三分、ウェスパ椿山《つばきやま》　十時三十五分、深浦　十三時三十四分、千畳敷《せんじようじき》　十四時十四分、鰺ケ沢　十四時三十八分、陸奥森田《むつもりた》　十四時五十分、木造《きづくり》　十四時五十六分、五所川原《ごしよがわら》　十五時〇九分、陸奥鶴田《つるだ》　十五時十六分、板柳《いたやなぎ》　十五時二十四分、川部《かわべ》　十五時

三十九分、終点弘前　十五時四十六分着である。

津村が、前に「リゾートしらかみ」に乗った時には、車内で、じょんがら節を男と女の二人が、乗客に聞かせてくれて、それが好評だった。

しかし、それだけのサービスでは、わざわざ「蜃気楼号」と、名付けたりは、しないだろう。

前に乗った「リゾートしらかみ三号」は、別に蜃気楼というあだ名は、ついていなかったし、ただ車内で、津軽じょんがら節を、聞かせてくれただけだった。それと、同じなら、何も「蜃気楼号」という名前は、必要ないだろう。

そう思って、もう一度、書き抜いた時刻表を見ていった。

まず、ほかの「リゾートしらかみ一号」と「リゾートしらかみ五号」とを比べてみた。

最初は、分からなかったが、子細に見ていくと、時刻表が、ほかの列車とは少し違っていることに気がついた。

津村が気がついたのは、深浦の到着時刻と発車時刻である。

「リゾートしらかみ一号」は深浦の到着が十時四十九分で、出発は十一時〇〇分となっている。「リゾートしらかみ五号」のほうを見てみると、深浦到着が、十六時三十五分、深浦発が、十六時三十八分で、深浦に停まっている時間はわずかである。

ほかの駅の到着と、出発を見ても、どこも数分である。それが普通だろう。

ところが、「リゾートしらかみ蜃気楼号」の場合は、深浦到着が、「リゾートしらかみ一号」と同じ十時四十九分で、深浦発が、なぜか、十三時三十四分になっているのである。

その間に、二時間四十五分もあるのだ。

秋田支社の窓口が、楽しい観光列車ですよといったのは、おそらく、この二時間四十五分の時間のことを、いっているらしい。

五能線の深浦は、もともとは、マグロの漁業で有名な魚市場があるところなのだが、現在の五能線の観光化を、象徴するように、今は、それ以上に五能線の周辺を走っているバスの発着所として有名である。

要するに、深浦は、五能線沿線の観光の中心である。その深浦に、この「リゾートしらかみ蜃気楼号」は、二時間四十五分も、停車するのだ。

つまり、その間に乗客たちは、列車から降りて、バスかタクシーに乗り、周辺の有名な観光地を、ゆっくりと回ってから、二時間四十五分後に、深浦駅に帰ってきても、そこに「リゾートしらかみ蜃気楼号」が、待っていてくれるということである。

なるほど、観光客の、身になって、二時間四十五分も、列車が、観光客を待っているのだ。

深浦からは、不老ふ死温泉までバスが通っているし、ほかにも、あきた白神とか千畳敷とか鰺ケ沢とか、あるいは、奇妙なメガネをかけたような土偶が発見された、木造の駅は、駅舎そのものが、その土偶の形になっている。

二時間四十五分もあるので、そうした観光地を、ゆっくりと回って来ても、「リゾートしらかみ蜃気楼号」が待っていてくれるので、十分に間に合うというわけである。

津村に手紙を送ってきた相手も、あるいは、その二時間四十五分という停車時間の間に、ゆっくりと、話し合おうというつもりかもしれない。

ほかの駅の「リゾートしらかみ蜃気楼号」の時刻表を見ても、二時間四十五分という長い停車時間は、見つからない。

だとすると、手紙の主の狙いは、やはり、二時間四十五分という深浦の停車時間にあるのだろうか？

津村は、手紙の主が、誰なのだろうかと考え続けた。

差出人が、男なのか、それとも、女なのかも分からない。末尾に、もっともらしく「あの時の女」とあるが、そのまま信じていいのかどうか。

彼の両親を殺した相手、少なくとも、その殺しに関係している人間ではないかと思った。

もし、相手が、その犯人だと、分かった時、津村は、はたして、どんな行動に、出るか自分でも分からなかった。分かっていれば、おそらく、十津川警部か、同僚の刑事に、手紙のことを、話してから、五能線に乗るだろう。

津村は、考え続けた。

津村が、高校二年生の時、たまたま不老ふ死温泉に行って、露天風呂で殺された小野寺修の死体を、発見している。そのため、まだ高校二年生だった津村が、現地の警察に犯人扱いされたことを、いまだに、はっきりと、記憶している。

その小野寺修が、政界に、大きな発言力を持つ人間で、当時、もっとも重要な課題だった郵政民営化に、反対していたために、殺されたのではないかと、成人してからの津村は、考えるようになっている。

あの時、現場には、三十代の魅力的な女性がいた。彼女は、今も生きていれば四十代になっている筈である。

高校生の津村は、彼女が、犯人とは、思わなかった。殺したとすれば、彼女の共犯の男だろうと、思ったのだ。

そのほかの関係者は、どうなったか。殺された小野寺修の妻、紀子は、現在、人材派遣会社の、社長である。

小野寺修には、関係のある女が二人いた。浅野由紀という四十歳の女と、東大出身で、小野寺修の秘書を、やっていた女である。現在、事件の関係者と考えられるのは、妻、息子、秘書、由紀、露天風呂の女の全部で五人いる。

たぶん、そのうちの一人が、津村に手紙を、送ってきたのだ。何のために、津村を五能線に、誘うのか、正直いって分からない。

問題の手紙のことを、津村が、上司の十津川や同僚に、話せないのは、いくつかの理由があった。

その一つは、もし、手紙の主が、両親を殺した犯人だった時に、自分を、抑えられる自信がないからである。

二つ目の理由は、十津川や同僚の刑事たちに、話せば、おそらく七月十三日の東能代行きを止められてしまうと思ったからである。

2

それでも、津村は、十津川や同僚に全く黙ったまま、七月十三日の、五能線に乗ろうとは考えていなかった。

相手が、いったい、どう出てくるのか、全く分からない。その点は、相手の出方次第になるから、ヘタをすれば両親と同じように、津村も、殺されてしまうかもしれない。

その時のことを考えて、十津川警部宛ての手紙を書き、それを、投函《とうかん》してから、東能代駅に、向かうつもりだった。

七月十三日の前日、十二日の夜、津村は、上司の十津川警部宛てに、手紙を書いた。

「七月十三日、警部には何の相談をすることもなく、勝手な行動を取ったことをお許しください。

実は七月の上旬に、一通の手紙を受け取りました。その手紙を、同封しておきますので、ご覧に、なってください。

差出人の名前はなく、七月十三日の五能線の快速列車『リゾートしらかみ蜃気楼号』に、東能代から、乗るようにいってきたのです。

十一年前の、例の事件について、いろいろと、話したいことがあるというので、私は、手紙の主が、私が高校二年生の時の不老ふ死温泉での出来事、あるいは、私の両親が殺された事件に関係している人間だろうと、直感しました。

ほかには、五能線に乗ろうと、わざわざ、私を誘ってくるような人間の、心当たりがないからです。

手紙の主は、このことを、上司の十津川警部や同僚の刑事たちに、話した場合、この誘いはなかったものとすると、手紙に、書いていました。

私はどうしても、この手紙の相手に会って、事件の、真相について、問い質《ただ》したいのです。そのため、申し訳ありませんが、警部には黙って、東能代に行こうと、決心しました。

もし、私が殺されたりした場合は、同封した手紙をもとに、相手が、いったい、何者なのかを捜査してくださることを、お願いしておきます。

重ね重ね、勝手な行動を取ったことをお詫びします。どうかお許しください。

津村

七月十二日夜」

書き終えると、封筒に入れ、切手を貼った。

その後、津村は、手紙を書いたことで、興奮状態になってしまった。

津村は、外出の支度をすると、書いた手紙を投函し、電話でタクシーを呼び、東京駅に、急いだ。

東京駅から、秋田新幹線に乗る。秋田で一泊し、翌朝、秋田から、東能代まで十五分。

手紙の主が指定してきた時間よりも、早く着いてしまったので、津村は、駅近くのカフェで、食べずに来てしまった朝食の代わりに、コーヒーとトーストを、注文した。

これから「リゾートしらかみ蜃気楼号」の車内で、手紙の主に、会うことになるのだが、別に怖いとも、恐ろしいとも、思わなかった。むしろ、どんな人間が、現れるのか、そのことに、興味があった。

九時になったので、津村はカフェを出て、東能代駅に向かい、駅のホームに、上がっていった。

「リゾートしらかみ蜃気楼号」は四両編成である。一号車と四号車には、展望ラウンジがある。三号車では、津軽じょんから節のライブが、二人の演者で、行われる。

手紙の主が送ってきた切符は、二号車の四人掛けの、ボックスシートの、切符だった。

問題の列車「リゾートしらかみ蜃気楼号」が、ホームに入ってきた。

しかし、まだ誰も、津村に、声をかけてこない。津村は、指定された二号車に入り、切符を見てから、四人掛けのボックスシートに、腰を下ろした。前の座席は、空いたままである。

発車の時刻が来て、「リゾートしらかみ蜃気楼号」は、東能代駅を、出発したが、依然として、前の座席は、空いたままだった。

次の停車駅は能代。東能代から、十五分で到着した。

しかし、前の席は、ここでも、空いたままだった。

津村は、手紙の主は、すでに、この「リゾートしらかみ蜃気楼号」に、乗っていると判断した。乗っていて、すぐには指定の座席には現れず、車内の、どこからか、津村を監視しているのではないかと、考えたのである。

次の能代駅を発車してから、やっと、二人の女が、前の席に座った。

どちらも、中年の女性である。

「津村さんね？」

と、片方の女が、津村に、声をかけてきた。

「そうです。津村です」

と、いってから、

「まさか手紙の主が、女性だとは思ってもいませんでしたよ。想像が見事に外れました」

と、いって、津村が、笑った。

「私のことは、もちろんご存知ね？」

と、女が、いう。

その言葉で、津村は、目の前にいる女が、十一年前に、不老ふ死温泉で、会った女だと判断した。

「たしか今から、十一年前、僕がまだ高校生だった時に、不老ふ死温泉の、露天風呂でお会いした方ですよね？」

と、津村が、いった。

相手は、そうだとも、違うともいわずに黙っている。

「名前を教えていただけませんか？」

津村のほうから、催促した。

「六本木でクラブをやっている小倉真紀《おぐらまき》、四十歳」

と、女が、いう。

「お隣の方も、名前を教えてもらえませんか？」

と、津村が、もう一人の女を見ながら、いった。

しかし、彼女は何もいわず、横にいた小倉真紀が、

「この人は、私のお付きのような人なの。津村さんが知りたいことは、何も知らない人だから、あなたが、名前を知ってもしょうがないわ」

と、いった。

「今日、この『リゾートしらかみ蜃気楼号』に、わざわざ、招待してくれたのは、どういう、理由からですか？」

と、津村が、きいた。

「十一年前だったかしら、不老ふ死温泉の露天風呂で、起きた事件で、まだ高校生だった津村さんに、ずいぶん、ご迷惑をかけてしまった。そのお詫びに、最近の五能線に、ご招待したの」

と、小倉真紀が、いった。

「ご存知かもしれませんが、五月に、私の両親が、何者かに、殺されました。そこで、単刀直入に、お聞きしますが、私の両親が、殺された事件と、小倉さんは、何か、関係がありますか？」

「私は、全く、関係ないけど、私の知っている人は、もしかしたら、関係しているかもしれないわ」

真紀が、思わせぶりに、いう。

「その人は、どういう人ですか？」

「あの時、露天風呂で、殺されたのが、どういう人だったのか、もちろん、ご存知よね？」

「もちろん、知っていますよ。名前は、小野寺修さんでしょう？」

「ええ、そうよ」

「小野寺修さんは、当時の、日本の政界に隠然たる力を持っている、いわゆる怪物でした。あの時、日本の政界は、郵政民営化の問題で、大揺れだった。その時、郵政民営化に反対だった有力者の中で、中心になって民営化反対の音頭を取っていたのが小野寺修さんでした。その小野寺修さんが、不老ふ死温泉で、何者かに殺されてしまい、郵政民営化が、通ってしまいました」

「その通り。よくご存知ね」

「実は、あの事件の時は、あなたが、犯人だろうと思っていました。でも、小野寺修さんという人は、身長百八十センチ、体重八十キロという、大柄な男性です。女性の手で、露天風呂に、沈めて殺すというのは、いくら何でも、無理だと思ったので、近くに、誰か、仲間の男がいて、その男が、小野寺修さんを、殺したのだろうと、考えていました。その男が、多分、私の両親も殺している。今日は、ぜひ、犯人について、あなたから、情報を得たいと思って、こうして、出てきたのです」

と、津村が、いった。

「まず最初に、はっきりいっておきますけど、私は、犯人じゃありませんからね。小野寺修さんのことを、殺してなんかいないわ。本当のことをいうと、十一年前、小野寺修さんが、殺されるなんて、夢にも、思わないで、不老ふ死温泉に行ったの。小野寺修さんに、電話で、今、五能線の不老ふ死温泉に来ている。よかったら、君も、温泉に入りに来ないかと、誘われたので、行っただけなのよ。それなのに、酷《ひど》い目に遭ったわ」

「あなたは、小野寺修さんの殺害に、本当に、関係していないんですか？　私は、あなた自身が、直接手を下して、小野寺修さんを殺したとは、思っていません。ただ、あなたは、犯人のことを、よく知っていて、小野寺修さんを、誘い出して、殺させたと、ずっと、思っているんですがね、違いますか？」

「もちろん、違うわよ。現職の警視庁の刑事さんに、そんなふうに、思われているとしたら、これから先が、思いやられるから、その弁明もあって、津村さんを、この五能線にお誘いしたの」

「それなら、小倉さんは、真犯人に、心当たりがあるんではありませんか？」

「どうして、そう思うの？」

「当時、あなたは、被害者の、小野寺修さんの近くにいたわけでしょう？　それなら、犯人についても、心当たりがあるはずですよ」

「いえ、私には、何の関係もないから、本当に、何も分からないの」

「全く、分からないというわけはないでしょう？　だって、あの時、郵政民営化反対の小野寺修さんのすぐ傍らにいたんですからね」

「たしかに、あの頃、怪しい人がいたのは確かだけど、誰が犯人なのかは、私には、分からない」

「それはおかしいな」

「どうして？」

「あの時、あなたは、小野寺修さんと一緒に、不老ふ死温泉の、露天風呂に入っていた。多分、あなたが、誘ったんだ。その時に、あなたの共犯者が、裸で、露天風呂に入っていた小野寺修さんに、そっと、近づいて、湯船に沈めて殺したんだと、思っているんですよ」

津村が、いうと、小倉真紀は、笑って、

「それは全くの誤解よ。あの時、私の方が、小野寺さんに呼ばれて、不老ふ死温泉に、行ったの。何でも、少し疲れたから露天風呂にでも、ゆっくり入りたい。一緒にどうだと誘われたから、急いで東京から、あの不老ふ死温泉に行ったのよ。私が誘ったんじゃないわ」

「分かりました。それなら、あなたが、怪しいと思っている人間の名前を、教えてもらえませんか？」

と、津村が、いった。

「そうね、私が、いちばん、怪しいと思っている人は、名前はいえないけど、与党の政治家。あの頃は若くて三十代の後半だったけど、今なら、五十近いかしら。与党の若手議員の一人に、すぎなかったけど、郵政民営化に賛成して、チョコマカ、動いていた人。今は、その時の功労を、認められて、厚生労働大臣をやっているわ。そういえば、名前は、すぐに分かるでしょう?」

と、真紀は、いう。

「ほかにも、あなたが考える容疑者が、いるわけですか?」

「ええ、何人もいるの。だって、あの頃、郵政民営化賛成で、動いた人も多かったし、逆に、反対で動いた政治家も、多かった。ただ、そんな空気の中で反対派の大物だった、小野寺修さんを殺した容疑者となると、それほどたくさんはいないわね。私が知っているのは、二人くらいかしら?」

と、小倉真紀が、思わせぶりに、いった。

「その二人の名前を教えてもらえませんか? こちらで、調べてみますから」

と、津村が、いった。

「そうね、口に出して、名前をいうのも何だから、紙に書いておくから、東京に戻ったら、二人のことを、調べてごらんなさい」

と、小倉真紀が、いい、ハンドバッグから手帳を取り出すと、ボールペンで、そこに二人の男の名前を、書いて、津村に見せた。

津村が、その名前を、見ているうちに、三人の乗った「リゾートしらかみ蜃気楼号」は、深浦駅に、到着した。

車内放送があった。

「この列車は『リゾートしらかみ蜃気楼号』です。この深浦駅を、十三時三十四分に発車しますから、皆さんは、ゆっくりと、五能線の名所や、旧跡を見て楽しんでから、十三時三十四分、午後一時三十四分に間に合うように、この、深浦駅に帰ってきてくだされば、そのまま、皆さんを乗せて、この『リゾートしらかみ蜃気楼号』は、五所川原、川部、そして、終点の弘前へまいります。では、みなさん、ゆっくりと、深浦周辺の景色を、堪能してください」

「一緒に降りましょうよ。この近くで、昼食を取りながら、もっといろいろとお話ししましょう」

小倉真紀は、津村の返事を待つこともなく、さっさと、座席から立ち上がった。

小倉真紀と一緒に来た女性は、さっきから、ずっと眠っていて、起きそうな気配がない。

そんな彼女を、横目で、見ながら、

「そちらの方は、降りなくても、いいんですか？」

津村が、聞くと、小倉真紀が、代わりに答えた。

「今朝早く起こしてしまったんで、眠くて仕方がないのよ。構わないから、このまま、寝かしておきましょうよ。私には、どうしても、津村さんとお話ししたいことが、いろいろあるから」

と、いう。

その言葉に、惹《ひ》かれるように、津村は、小倉真紀と一緒に、列車を、降りた。

「どこに行きたい？」

と、真紀が、きく。

「やっぱり、不老ふ死温泉ですね。あそこには、何回行っても、まだ、解けない謎のようなものがあって、私を惹《ひ》きつけるんです」

と、津村が、いった。

「分かったわ。それなら、不老ふ死温泉に、行きましょう」

と、真紀が、いった。

駅前で、タクシーを拾い、不老ふ死温泉に向かう。

不老ふ死温泉は、相変わらず、観光客で、いっぱいだった。

ここに泊まるためには、予約が必要だが、今日は、泊まるわけではないので、二人は、不老ふ死温泉の中にある食堂で、昼食を取ることにした。

海が見える窓側の席に、腰を下ろして、食事を始めた。窓からは、例の露天風呂が、はっきりと見えた。

「小野寺修さんとは、いつ頃からのつき合いだったんですか？」

箸を動かしながら、津村が、きいた。

「そうね、小野寺さんが亡くなる二年くらい前かしら。小野寺さんは、若手の政治家にお金をあげるのが、好きなのよ。とにかく、これはと思う若手を見つけると、自宅や有名な料亭に連れていって、お金をあげたり、食事を、ご馳走したりしていたの。その数が、やたらに、多かったので、郵政民営化は、阻止できると、思ってたんじゃないかな」

と、真紀も、箸を動かしながら、答える。

「私が調べたところでは、十一年前のあの日、小野寺修さんは、二日前から不老ふ死温泉に来ていて、特定郵便局の局長を呼んで、郵政民営化に、反対するように話をするつもりだったらしい。それを知った郵政民営化に、賛成の誰かが、この不老ふ死温泉にやって来て、小野寺修さんを、殺した。私は、そう、考えているんです。そうなると、犯人は、小野寺修さんが、不老ふ死温泉に、来ていることを、知っていたことになるんですよ。あなたにお聞きしたいんだけど、小野寺修さんという人は、自分の行動を、みんなに、ペラペラしゃべる人ですか？」

と、津村が、きいた。

「全然、逆ね。小野寺という人は、自分の行動は、特定の人にしか、話さない人だったわ。味方も多かったけど、敵も多かった。だから、邪魔されるのがイヤで、どこに行くのも、内緒にしていたわね」

「しかし、どうしても、行き先をいわなくてはならない相手もいたわけでしょう？　例えば、小野寺さんが、信頼していた女性秘書とか」

「そうね、浅野由紀とか、東大出の秘書とか、たしかに、彼女たちには、予定を話していたみたいね。ああ、それに、もう一人、奥さんがいるわ」

「奥さんは、今、人材派遣会社の社長を、やっているんでしたね？」

「ええ、そう。小野寺紀子さん。もう一人、息子の、勉さんもいるわね」

と、真紀が、いった。

「たしか、その勉さんという人は、現在、父親とは反対の意見を持っている、郵政民営化賛成の代議士の、秘書をやっているんでしょう？」

「ええ、そうなの。だから、彼のことを悪くいう人も多いのよ。父親を裏切ったって。でも、私は、そうは、思わない」

「どうしてですか？」

「今は、秘書だけど、彼は将来、政治家になろうと、思っているから。政治家なら、父親や兄弟と、反対の意見を持つ場合も、あるから、そんな時に、いちいち、家族のことなんか気にしていられないのよ。どうして、父親のいう通りにしないのかなんていうのは、野暮というもの。そうでしょう？」

と、真紀が、いった。

「それでは、息子の勉さんは、十一年前、父親の小野寺修さんが、殺された頃は、郵政民営化に、賛成だったんですか？」

「さあ、どうなのかしら？　そこまでは、私は、知らない」

「奥さんは、どうですか？　紀子さんというんでしょう？　彼女は、郵政民営化に反対だったんですかね？」

「それも、よく分からないの。あの奥さんは、表立って、政治について、あまり、話をするような人じゃなかったから」

「でも、今は、自分で、人材派遣会社を経営しているわけでしょう？　そう考えると、かなり、男勝りの女性という感じがするんだけど、違いますか？」

「たしかに男勝りといえば、そういえるけど。小野寺さんが亡くなったんで、あの奥さんが、莫大な遺産を引き継いだことだけは、間違いないわね。その遺産で、人材派遣会社を、立ち上げて、社長に収まっているんだから」

と、真紀が、いう。そのいい方に、軽いトゲを感じた。

不老ふ死温泉で昼食をすませると、まだ、時間があるので、タクシーで千畳敷に、向かった。

ここは、岩石の広場みたいなところだが、「この辺の海岸には奇岩削立し――」という太宰治《だざいおさむ》の碑文がある。

海岸には「リゾートしらかみ蜃気楼号」で一緒だった乗客の姿もあった。

「せっかくきたんだから、私たちも写真を、撮りましょうよ」

と、小倉真紀が、カメラを、取り出した。

一瞬、津村は、引いた感じになったが、相手を怒らせてしまうと、これ以上、話が聞けなくなる恐れもあると思い、近くにいた観光客に頼んで、二人の写真を、撮ってもらった。

そうしているうちに時間が経ち、二人は、待たせてあった、タクシーに乗り、深浦駅に戻った。

深浦駅のホームに、入っていくと、そこには「リゾートしらかみ蜃気楼号」が、停車していた。そのことに、何となく、ホッとしたのか、何人かの乗客たちが、拍手をしている。

十三時三十四分、津村と小倉真紀、そして、もう一人の女性の乗った列車は、深浦駅を出発した。

列車が、五所川原駅をすぎた辺りから、三号車で、お待ちかねの、津軽じょんがら節のライブが始まった。

男が三味線を弾き、女が歌う。

最初のうち、津村は、車内放送で、聞いていたが、その歌声に、興味を持って、三号車に移動し、じかに津軽じょんがら節を聞くことにした。

二人の女性も、同じように三号車に来て聞いていたが、列車が川部に着くと、津村に向かって、

「私たち、今日は、ここで、降りることにするわ。この人が、太宰治の生家を見たいというのよ」

と、真紀が、いい、二人で、さっさと、降りてしまった。

肩透かしを受けた感じで、津村は、そのまま「リゾートしらかみ蜃気楼号」に乗って、終点の弘前まで行き、弘前でホテルに泊まった。

3

津村は、翌日に、東京に帰ってから、上司の十津川や、同僚に、直接謝ろうと思っていたのだが、やはり落ち着かなくて、その日の夜のうちに、弘前から、十津川に電話をかけて、謝ることにした。

津村が、小倉真紀と、もう一人の女性の三人で、五能線に乗り、車内でいろいろと、十一年前の事件について、小倉真紀から話を聞いた旨を、電話で、報告すると、

「君は、まだ、あの事件のことを、知らないようだな？」

と、十津川が、いった。

「どんな事件のことですか？」

「小野寺修の女性秘書を、やっていた、浅野由紀という都議会議員の女性がいる。年齢は、四十歳。小野寺修の愛人だったともいわれていた女性だ。彼女のことは、もちろん、君も覚えているだろう？」

「ええ、知っています」

「その浅野由紀が殺された」

「殺された？　いつ、どこでですか？　東京ですか？」

「いや、五能線に、あきた白神という駅がある。今日、その駅のそばで、死んでいるのが、発見された」

と、十津川が、いった。

「五能線のあきた白神駅のそばというのは、本当ですか？」

「ああ、本当だよ。だから、明日東京に戻ったら、君には、いろいろと、話を聞かなくてはならない。何しろ、君は、今日その五能線に乗っていたんだからね」

と、十津川が、いった。

津村は、いきなり頭をガーンと殴られたような感じだった。

その後で、夜十一時のニュースをテレビで見る。

アナウンサーが、いう。


「今日七月十三日、秋田県の五能線あきた白神駅のそばで、殺されている女性が、発見されました。持っていたハンドバッグの中にあった運転免許証から、被害者は、東京都世田谷区内のマンションに住む、東京都議会議員の浅野由紀さん、四十歳と、分かりました。浅野さんは、背中から二カ所刺されていて、そのうちの一カ所が致命傷になったものと思われます。地元の秋田県警では、殺人事件として捜査を開始しました」

「まずいな」

と、津村は、つぶやいた。

津村は今日、小倉真紀と、もう一人の女性と三人で、問題の五能線に乗っていたのである。

事件があったというあきた白神駅にも、彼らの乗った「リゾートしらかみ蜃気楼号」は停まっている。

そして、津村と小倉真紀の間で、浅野由紀のことも、話題になったのである。

(こうなると、おれが、小倉真紀のアリバイの証人になるのか)

と、津村は、思い、もう一度、

「まずいな」

と、つぶやいた。

第五章　殺人計画

1

津村は、夜が明けると同時に、十津川に、再び電話をかけた。

電話口に出た十津川に向かって、津村は、ひたすら、謝った。

「警部にも断らず、勝手に、こちらに来て、容疑者の小倉真紀に、会ったりして申し訳ありませんでした」

津村が、いうと、十津川は、そのことについては、何もいわず、

「君の手紙を読んだよ。君は、何か分かるのではないかと思って、小倉真紀に、会ったんだろう？」

「はい。そうです」

「それで、何か分かったのか？」

と、十津川が、きく。

「それが、逆に、まずいことに、なってしまいました。浅野由紀が殺されたと思われる時間、私は、小倉真紀と一緒にいたので、まるで私が、彼女のアリバイの証人のように、なってしまいました。勝手に、何かが分かるのではないかと、期待して、彼女の誘いに乗ったのですが、こんなことになってしまって、本当に申し訳ありません。すぐに東京に帰ります。そして――」

と、津村が、いいかけると、

「いや、君は、弘前から再び不老ふ死温泉に行け。私も不老ふ死温泉に行く」

と、十津川が、いった。

津村は、不老ふ死温泉で、十津川が来るのを待つことになってしまった。

津村は腹が立って仕方がない。

十津川にもいったのだが、自分が、アリバイづくりに、利用されたとしか思えないからである。

不老ふ死温泉で、じっと待っていてもしょうがないので、津村は、弘前から凶行のあったあきた白神駅に行ってみた。

秋田県警が、この殺人事件の、捜査に当たっていた。捜査本部は、あきた白神の警察署に置かれていた。

津村は、この殺人事件の捜査の指揮を執《と》っている、秋田県警捜査一課の谷田《たにだ》という警部に会って、自分の立場を、説明した。

谷田の表情が、動いて、

「つまり、今回のこの殺人事件は、十一年前の殺人事件と、関係があると、いうことですか?」

と、聞き返した。

「そうです。私は、そう思っているのですが、その一方で、自分が、いいように利用されているような気もするのです」

「しかし、あなたはずっと小倉真紀という女性と一緒にいた。小倉真紀は、絶対に、犯人ではあり得ない。そういうことですね?」

「たしかに、そうなんですが、それで、余計に腹が立ってくるんです」

「現在、殺された女性について、司法解剖が行われています。その結果を、待たなくては正確なことは、分かりませんが、被害者は、背中から二カ所刺されていて、そのうちの片方が心臓まで達しているので、それが致命傷になったのではないかと思われます。普通の女性では、あれだけの力はないと考えられるので、犯人は男性か、あるいは、女性の中でも、かなりの腕力の持主ということになってきます」

と、谷田警部が、いう。

「小倉真紀は、もう一人の女性と一緒だったのですが、その女性が、深浦で停まった列車から降りて、バスか、タクシーで、あきた白神まで戻り、そこで女を殺してから、深浦に、引き返した。そういうことが考えられるので、こちらに来る前に、深浦の駅でいろいろと、聞いて回ったのですが、あの女性が深浦の駅で、降りたことはありません。これは、確認しました」

と、津村が、いった。

「今回の殺人事件が、十一年前に、不老ふ死温泉で殺された小野寺修と関係がある。あなたが、そう思われる理由は、何ですか？」

と、谷田が、津村に、きいた。

「私は、十一年前に、不老ふ死温泉で、小野寺修が殺された、事件では、犯人扱いされました。そして今年、両親が殺されてしまいました。両親が殺された理由は、今のところ、想像しかできないのですが、私が、両親に事件について、何か話しているのではないか、と疑いを持った犯人が、それをきき出そうとした末に、殺したとすれば、納得ができるのです」

と、津村が、いった。

「なるほど。それで、よく分かりました。たしかに今回の殺人事件は、十一年前の殺人事件が、尾を引いているのかもしれませんね。あなたの話は、とても、参考になりましたよ」

と、谷田警部が、いった。彼は、続けて、

「まだ、捜査を始めたばかりですが、被害者の浅野由紀は、東京の世田谷にある、マンションが、住所で、このあきた白神とは、今のところ、何の関係もありません。それで、たぶん誰かに呼び出されて、この駅で待っていた。それが犯人ではなかったのか、今のところ、そういう考えしか、浮かんでいません。あ、それから、今、津村さんがいわれたように、十一年前には、彼女は小野寺修の秘書でしたから、それに、関係した事件かもしれません」

津村は、今日は、不老ふ死温泉に泊まっていると、谷田に話し、自分の携帯の番号を教えてから、不老ふ死温泉に、向かうことにした。

2

十津川が、亀井刑事と、不老ふ死温泉にやって来たのは、この日の夕方だった。三人で一緒に夕食を、取っている時、十津川が、いった。

「津村は、明らかに、利用されたんだよ。しかし、どう利用されたのかが、わからないな」

「私もそんな気がするんですが、その証拠がつかめずに、いらいらしています」

と、津村は、いった。

津村は、あきた白神で県警の谷田という警部と、事件について話しあったことを告げた。

「今回殺された、浅野由紀ですが、十一年前に殺された、小野寺修の秘書をやっていて、現在は都議会議員である以外に、事件につながるような、何かをやっていたのでしょうか」

と、津村が、いうと、十津川は、

「その点は、こちらに、来る前に調べたよ。小野寺修の未亡人は、人材派遣の会社をやっていた。今回殺された、浅野由紀は、その女社長の秘書をやっていたらしい。つまり、十一年前には、小野寺修の秘書をやっていて、その後、その未亡人の秘書をやっていたわけだよ。もしかすると、それが、浅野由紀が、殺された理由かもしれないな」

と、十津川が、いった。

夕食を済ませた後、十津川たちは、ロビーで、コーヒーを飲みながら、さらに、話を続けた。

「もう一度、君と一緒に、ここにやって来た小倉真紀について、聞きたい。彼女が、いったいどんな様子だったのか、できるだけ詳しく話してくれ」

と、十津川が、いった。

津村は、手紙と一緒に「リゾートしらかみ」の切符が、小倉真紀から、送られてきたことから話すことにした。

「それで、東能代の駅で、待っていたのですが、秋田方面からやって来た列車には、彼女は、乗っていませんでした。一瞬、迷いましたが、私は、勝手にその列車に乗って、深浦方面に、向かったのです。そうしたら、途中の駅から、小倉真紀と、もう一人の女性の二人が、乗ってきました。私が、もう一人の女性の名前を、きいたところ、小倉真紀が、こういうのです。彼女は、今回のこととは、何の関係も、ありません。それに、彼女は、疲れて眠そうだから、このまま、寝かせてやっておいてください。そういうので、話は、もつぱら私と、小倉真紀との間で交わされるように、なったのです」

津村は、用意してきた時刻表の切り抜きを、十津川と亀井に、渡してから、

「その中の『リゾートしらかみ蜃気楼号』という列車に、乗ったわけです。時刻表を見ると、面白いことに、その列車は、深浦で停車して、三時間近く後に発車するのです。その間に、乗客たちは、深浦で列車から降りて、自分の行きたい観光地を、回って帰ってきても、列車がまだちゃんと待っていてくれるという、面白い観光列車なんです。深浦に、停まったら、小倉真紀が、とにかく名所旧跡を回りながら、十一年前の事件について、お話をしましょうというので、二人で列車を降りました。もう一人の女性のほうは、眠っていて起きそうもなかったので、そのまま列車の中に、置いていったのです。その後、不老ふ死温泉で食事をしながら、小倉真紀と、いろいろと話をしました。十一年前の事件については、自分は、何の関係もないと、くり返すばかりでしたが、ただ、彼女が容疑者と考える二人の政治家の名を教えてくれました。参考になるかどうか、わかりませんが。時刻表にあった、十三時三十四分に、近くなったので、私たちは、深浦の駅に、戻りました。私たちが、乗っていた『リゾートしらかみ蜃気楼号』が、ホームで待っていました。列車に残った、もう一人の女性のほうは、座席で眠り込んでいました。その後、私たちは、終点の弘前に向かっていったのです。途中、車内で、津軽じょんがら節の三味線と歌も、聴け

ました。そのうちに、彼女たちは、太宰治の生家が見たいと、川部という駅で下車し、私は、その後、弘前から、夜に、警部に電話した際に、浅野由紀の事件を知りました。それでも、私と一緒に『リゾートしらかみ』に乗っていた小倉真紀と、もう一人の女性には、アリバイがあるので、ほかの人間が殺したのではないかと、思います」

「疑ってかかれば、小倉真紀という女性は、浅野由紀を殺すために君のことを利用したのではないかということも、考えられる」

と、十津川が、いった。

「しかし、彼女には、私と、ずっと一緒にいたという、アリバイがありますよ」

「そのアリバイが、怪しくなるかもしれないな」

十津川が、呟いた。

翌朝、東京から、今度は、若い日下刑事と女性刑事の北条《ほうじよう》早苗《さなえ》が、不老ふ死温泉に、到着した。

「昨夜は、警部の指示に従って、六本木の小倉真紀のクラブに行ってみました。これが、その時に隠し撮りをした店の様子です」

日下が、いい、ビデオカメラに収めた映像を十津川と亀井、そして、津村に、見せた。

「従業員は、バーテンの男が一人、ホステスが、八人という小さな店ですが、洗練された、六本木でも、かなり名前の売れている店だそうです」

と、北条早苗が、いった。

隠し撮りされた動画は、全部で、十五、六分しかなかった。

それを見ていた津村が、急に、険《けわ》しい顔になった。

「もう一度、最初から見せてもらえませんか？」

「何か分かったのか？」

と、十津川が、きく。

「とにかく、もう一度見たいのです。お願いします」
十五、六分の短い動画には、六本木のクラブの中が、隠し撮りされている。それをもう一度見てから、津村が、いった。
「ここに映っているバーテンですが、先日の『リゾートしらかみ』で、小倉真紀と一緒だった、もう一人の女性と、何となく顔が似ています」

「たしか君が、秋田県警の谷田という警部に会って、話をした時、警部はこれは男の犯行で、女性だとしたら、かなり力の強い女性だろうと、説明したそうだね？」

十津川が、きく。

「その通りです」

「だとすれば、君が、見た女性は、男が女性に成りすまして、いたのかもしれないな」

「今、このビデオの映像を、見ていて、私もそう思いました。ひょっとすると、この六本木の店の中で、唯一の男性であるバーテンが女装をして、『リゾートしらかみ』に乗っていたのかもしれません」

「彼女の声はきいたのか？」

「あの時、小倉真紀とばかり、話をしていたので、もう一人の声は、一度も聞いていていません。そうですね、もし、彼女の声を聞いていれば、その時点で、男かもしれないと疑ったかもしれません」

と、津村が、いった。

「君の想像は、おそらく、当たっているよ。小倉真紀と一緒にいた、もう一人の女というのは、間違いなく男だ」

十津川が、断定した。

「つまり、小倉真紀という女性が、君を利用して、自分たちのアリバイを作り、浅野由紀という女性を、五能線で殺そうと考えた。その殺し屋として、六本木の自分の店で働いている、バーテンに、女装させて、一緒に、連れていった。現地で、小倉真紀が、君のことを、連れ歩いている間に、女装したバーテンが、あきた白神に待たせておいた、浅野由紀を殺した。たぶんそういうことだ」

「たしかに、その可能性もないとはいえませんが、二人とも、しっかりしたアリバイがありますが」

と、津村が、いった。

「そのアリバイ自体が、作られたものかもしれない。本当に成立するのかどうか、まず、それを検討してみようじゃないか」

と、十津川が、いった。

「時刻表によれば、君たちが、乗っていた『リゾートしらかみ』は、深浦の駅に、三時間近く停まることになっている。たしかに、停まっていたんだろうね？」

「そうです」

「君と小倉真紀は、その間、深浦で、降りて不老ふ死温泉で昼食を取ったんだったな？その時、君と小倉真紀は、ずっと一緒に、いたのか？」

と、亀井が、念を押す。

「ずっと一緒でした。それは、間違いありません。ですから、余計、悔しいんですよ。私が、彼女のアリバイを、証明することになってしまいますから」

と、津村が、いった。

「それなら問題は、もう一人の女性のほうだ。君は、六本木のクラブのバーテンと、顔が似ているといった。ビデオカメラで見る限り、このバーテンは痩せている。だから、女装するのも、簡単だっただろう。君と小倉真紀が、いなくなった後、密かに、列車を降りて、バスかタクシーで、あきた白神に戻って、待たせておいた浅野由紀を、殺して、平気な顔をして深浦に戻ってきて、列車の中で、寝ているふりをした。三時間もあれば、十分に可能だろう」

と、亀井が、いった。

「ですから、私も、必死になって、調べてみました。問題の、もう一人の女性が、深浦で、降りたのではないのか？　深浦からバスかタクシーを使って、あきた白神に戻ったのではないのか？　深浦の駅前には、バスの停留所がありますし、タクシーの乗り場も、あります。そうした交通機関を使ったのではないかと思って、調べたのですが、彼女が深浦で列車を降りて、バスかタクシーを使ったという証拠は、何も、見つかりませんでした。目撃者も、いないのですよ」

と、津村が、いった。

十津川が、クラブの店内を、隠し撮りした北条早苗に、声をかけて、

「君は、あの店のバーテンの声を、聞いたのか？」

「はい。聞きました」

「どんな声だった？」

「声は太くて男そのものの声でした」

その答えを受けてから、十津川は、津村に向かって、

「だから、君と会った時、小倉真紀は、この女性とは話をさせなかったんだ。声を出せば、男が、女装していることが、すぐ分かってしまうからね」

「しかし、警部、時間的に、犯行は無理だと思いますが」

津村が、いう。

「いや、そんなことはない。何しろ三時間近くも、時間があるんだぞ。それだけの時間があれば、どんな細工だって、できたはずだ」

と、亀井が、いった。

「しかし、問題の女は、深浦で、列車から降りていませんよ」

「しかし、どう考えても、小倉真紀は浅野由紀を殺すために、君を利用したんだ。それは、間違いない」

十津川は、粘った。

3

「ところで」

と、十津川が、続けた。

「今回、五能線で殺された浅野由紀は、もともと、十一年前に殺された、小野寺修の秘書をやっていた女性だ。それがどうして、小野寺修の未亡人が社長をやっていた人材派遣の会社の社長秘書になったのかね？」

「そうです。私は、この人材派遣会社について、調べてみました。未亡人が会社を立ち上げたのは、小野寺修が殺されて三年くらい、経ってからだそうです。つまり、今から七年か八年くらい前に、始めているんです」

と、北条早苗が、答えた。

「会社の経営状態は、どうなんだ？　うまくいっているのか？」

「極めて順調なようです。ただし、うまくいっているのは、この会社を、援助している政治家が、多いからです。亡くなった小野寺修の知り合いの政治家、郵政民営化に賛成だった政治家も、反対だった政治家も、こぞって、この会社を援助しています。経営がうまくいくのも、当然だと思います。その後、二年ほどして、小野寺修の秘書をやっていた浅野由紀が、この会社に、入りました。それも、社長の秘書という形で入っていますね。この人材派遣会社を辞めた元社員にきいたところでは、浅野由紀という女性は、なぜか、会社の中で大きな力を持っていて、社長より威張っているような気がした、そういっています。たぶん、浅野由紀は、小野寺修の未亡人の、弱みを握っていたので、会社に入って、いきなり、社長秘書になり、影の社長の地位についたのではないかとも、いっていましたね」

「それがここにきて、危険な存在になってきたんだろう。未亡人にとっても小倉真紀にとってもだ。そして、浅野由紀の殺しを、彼女が、引き受けたということかもしれん」

「その彼女が立てた殺人計画が、五能線を使ったものだったわけですか」

「どう考えても、怪しいのは、連れの女だな」

と、十津川が、いった。

「私も、そう思います」

と、津村が、いった。

「小倉真紀が、君を誘い出して、深浦の駅から遠ざける。その間に、残った女、というより、女装した、バーテンの男だが、彼があきた白神まで戻り、そこに、待たせておいた浅野由紀を、殺してしまう。そのあと、深浦に戻ってきて、何食わぬ顔で列車に乗っていた。

それ以外に、考えようがない」

と、十津川が、いった。

「しかし、警部、さっきも申しあげたように、この女が、深浦で列車を降りた形跡が、全くないのです。その上、深浦からは、五能線の上りとバス、タクシーなどがありますが、そのどれにも、乗った形跡がありません」

「しかし、君の話を、聞いていると、これは明らかな殺人計画だと思うがね」

と、亀井刑事が、いうと、その言葉を受けて、十津川が、

「まず君に、小倉真紀が、思わせぶりな、手紙を書いて、誘い出す。クラブのバーテンに女装させて、二人で君に会う。そして、深浦駅で、小倉真紀が君を列車から降ろし、五能線沿線の名所旧跡を一緒に、歩き回る。その間に、もう一人の女性は、あきた白神に戻って、そこに、待たせておいた浅野由紀を殺してから、何食わぬ顔で深浦に戻り、そこで待っていた列車に、乗り込んで、ずっと、寝ていたようなふりをする。それ以外には考えようのない、至って、単純な殺人計画だよ」

それに対して、津村は、小さく、ため息をついて、

「私も、同じことを考えました。しかし、小倉真紀の連れの女が、深浦の駅で列車から降りて、バスかタクシーを使って、あきた白神に戻り、殺人を犯してから、また深浦に戻っ

たとは、どうしても思えないのです。いくら調べても、問題の女が、深浦の駅で五能線を使ったり、列車を降りて、バス、あるいはタクシーを使った形跡が、全くないのです。深浦の駅は、それほど大きな駅では、ありませんし、大きな町でもありませんから、調べるのは簡単でしたが、列車を降りて、あきた白神に戻っていないんですよ」

と、繰り返した。

しばらく沈黙があってから、十津川が、ふいに、

「この時刻表を見ると、下りの『リゾートしらかみ』は、全部で四本だ。最初の列車は『リゾートしらかみ一号』で、次が三号、五号となっている。四本目が、問題の『リゾートしらかみ蜃気楼号』だ。なぜ、この『リゾートしらかみ』だけ、蜃気楼号という奇妙な名前がついているんだ？」

と、いった。

「たぶん、観光列車だからだと思います。面白い名前をつけて、観光客をたくさん呼びたいんでしょう」

と、亀井が、いった。

「それなら、ほかの『リゾートしらかみ』にも、特別な名前をつければいいのに、平凡に『リゾートしらかみ一号』、『リゾートしらかみ三号』、『リゾートしらかみ五号』という名

前になっている。どうして、これだけを蜃気楼号というのかが分からないね」

「それなら、すぐに、駅に行って聞いてみましょう」

と、亀井が、軽く立ち上がった。

「私も、一緒に行きます」

と、津村も、いい、二人は、部屋を、出ていった。

4

二人の刑事が、不老ふ死温泉の車を借りて向かったのは、五能線の深浦駅である。そこに行ったのは、今回の事件が、深浦駅を中心に、起きていたからである。

二人の刑事は、深浦の駅に着くと、駅長に会って、問題の「リゾートしらかみ蜃気楼号」について、きいた。

「この時刻表を見ますと、『リゾートしらかみ一号』とか『リゾートしらかみ三号』とか、あるいは『リゾートしらかみ五号』という名前がついていますが、どうして、この列車だけ蜃気楼号という名前に、なっているんですか？」

と、亀井が、きき、横から、津村が、

「時刻表をよく見ると、この『リゾートしらかみ蜃気楼号』だけが、この深浦で、三時間近くずっと停車していますよね？　ほかの『リゾートしらかみ』には、そんなことは、全くありません。なぜ、『リゾートしらかみ蜃気楼号』だけが、深浦駅で三時間近くも停車しているんですか？」

と、いった。

駅長が、ニッコリした。

「『リゾートしらかみ』は、観光用の列車ですから、できるだけ、観光客の皆さんにサービスをしたい、楽しんでもらいたいという思いで、走らせています。中でも、この蜃気楼号という列車の、変わった時刻表が、観光客の皆さんに、ひじょうに受けましてね。評判がとてもよかったのですが、二〇〇五年にダイヤ改正で運行されなくなったのです。今年は五能線全線開通八十周年の記念として二日間の臨時列車として復活されたんです。今、ご質問のあった問題の蜃気楼号という名前ですが、実際にはない景色が、目の前に見えることを、蜃気楼というわけでしょう？　しかし、近づいても触ることはできません。蜃気楼号は、それと同じ意味です」

「ということは、具体的には、どういうことですか？」

「この『リゾートしらかみ蜃気楼号』は、時刻表では、この深浦駅だけに、三時間近い停車時間になっています。しかし、本当は、この列車は、深浦に、三時間も停車していないんですよ」

「ちょっと、待ってください。駅長さんのおっしゃっている意味が、私には、まだよく分かりませんが」

と、津村が、いった。

「簡単にいうと、この時刻表通りでは、ないということですよ。わかりやすくいえば、この深浦の駅に、三時間近くずっと停車しているわけではない、ということです。実際には深浦から他の駅に、動いているのです」

と、駅長が、いった。

「しかし、時刻表を見る限りでは、停車しているように、なっていますよね？　停車せずに動いているとすると、どうして、そのことが、時刻表に載っていないんですか？」

と、亀井が、きいた。

「ですから、蜃気楼なんですよ」

と、駅長が笑いながら、楽しそうに、いった。

「つまり、時刻表に、載っていない時間と場所を、この列車は、走っているということなのです。だから、蜃気楼号なのです」

「もう少し具体的に、いってもらえませんか？」

と、亀井は、まだ、わからないという表情だった。

「具体的にいいますとね、この列車は、十時四十九分に深浦に到着します。乗客の皆さんには、三時間近くここに、停車しているので、その間に、五能線沿線の名所旧跡を回って、大いに楽しんできてくださいと、お願いします。乗客の半分くらいは、実際に、列車を降りて、それぞれ思い思いの名所旧跡を訪ねるために、タクシーかバスで、行ってしまいます。その後、この列車は、深浦に停まっていなくて、あきた白神とか十二湖といった名所旧跡のある駅まで、戻っていくのです。そこで、乗客を降ろして、あきた白神の周辺、あるいは十二湖の絶景を楽しんでいただいてから、再び乗客を乗せて、深浦に戻ってくるのです。その運行については、時刻表に載っていませんから、蜃気楼というわけです」

「どうして、そんな面倒なことを、するんですか？」

「最初、われわれも、そう、考えました。しかし、こうした、列車の運行を、試験的に試してみたら、観光客の皆さんに、たいへん評判が良かったんですよ。まさか、深浦で停車している『リゾートしらかみ』が、時刻表に載っていない、あきた白神や十二湖といった駅に戻っていって、そこからまた、乗客の皆さんを乗せて、深浦の駅に、戻ってくるとは、誰も思っていません。時刻表にも載っていませんからね。しかし、そのことが、観光客の皆さんに、大受けだったのですよ。変わっていて、面白いといわれてですね。ですから、今も申し上げたように、今年は五能線全線開通八十周年を記念して、この蜃気楼号を臨時列車で走らせることになったのです。三時間近く、じっと、停まっているよりも、いいじゃありませんか？　元の観光地に戻っていって、またお客さんを、乗せて帰ってくる。面白いとは、思いませんか？」

と、駅長が、いった。

亀井も津村も、

「なるほど。たしかに面白いし、楽しい列車ですね」

というよりほかに仕方がなかった。

しかし、二人の顔は、笑ってはいなかった。

これで、あの犯人のアリバイが崩れたことが分かったからである。

亀井刑事が、駅長に向かって、

「われわれが、ここに来たこと、それから『リゾートしらかみ』について、いろいろと、きいたことは、しばらくの間、内密にしてください」

と、クギを刺しておいてから、二人は、ただちに、不老ふ死温泉に舞い戻った。

十津川警部は、二人の話をきいてから、津村に、きく。

「六本木のクラブのバーテンが、君の会った、もう一人の女性に、似ているんだな？　それは間違いないんだな？」

「本人かどうかは、分かりませんが、似ていることだけは、たしかです」

「それでは、これから、東京に戻って、その容疑者を、何とかしようじゃないか」

と、十津川が、いった。

十津川たち五人は、急遽、不老ふ死温泉をあとにした。

5

翌日、十津川は、クラブ「まき」のバーテンに対する、逮捕状をもらって、六本木に向かった。

店は、まだ開いていない。慌ただしく開店の準備をしているところに、十津川たちは乗り込んでいって、まず、バーテンに逮捕状を突きつけ、続いて、クラブのママ、小倉真紀に対しては、参考人として、捜査本部に同行してもらいたいと告げた。

この時点では、店のママの小倉真紀にもバーテンにも、余裕のようなものが、感じられたが、十津川が、

「『リゾートしらかみ』の時刻表にはない運行について、われわれには、全て、分かっているよ」

と、告げると、途端に、バーテンの顔が、青ざめていくのが、分かった。

バーテンの名前は、南村優《みなみむらゆう》、三十五歳である。

捜査本部では、まず、バーテンの南村に対しての尋問が、行われた。尋問には、十津川と亀井が、当たったが、その助手として、津村が隣に座っての、尋問である。

南村に対して、十津川は、わざと高圧的に出た。そのほうが、崩しやすい相手と見たからである。

「君が女装をして『リゾートしらかみ』に、ママの小倉真紀と一緒に、乗っていたことは、すでに、分かっているんだ。ここにいる津村刑事は、君が、あの時の女性であることに気づいているんだよ」

「何のことなのか、私には、よく分かりませんが」

と、南村が、いう。

「まず、十一年前の殺人事件だ。君とママの小倉真紀は、十一年前の郵政民営化の時、政治家の誰かに、頼まれて、不老ふ死温泉で、小野寺修を殺したんだ。われわれから見れば、君という人間は、哀れなものだ。おそらく今度も、誰かに頼まれて、浅野由紀を、殺した。

君に殺人を頼んだ人間が、十一年前と今回とで同一人物なのか、それとも、別人なのかは分からないが、その人間に頼まれて、殺したのであれば、死刑は免れるはずだ。しかし、君が黙秘を続けていれば、その人間は、君に全てを、押しつけて、自分は、何も、知らないというだろう。そうなったら、君は間違いなく死刑だ。そのことを、よく考えて、私の質問に答えるんだ」

「弁護士を呼んでもらえませんか？」

と、南村が、いった。

「もちろん呼んでやる。しかし、今の君には何の役にも、立たないぞ」

と、宣告するように、十津川が、いった。

南村の希望した弁護士が、顔を見せるまで、彼を、留置場に入れておき、十津川たちは、参考人として連れてきた小倉真紀を、取調室で、尋問することにした。

この場合も、十津川と亀井の他に、津村刑事が、立ち会った。

「バーテンの南村にもいったんだがね、十一年前と今回と、君は、二つの殺人事件に関係している。どちらも、おそらく、誰かに頼まれたのだろうが、君たちに、殺人を頼んだ、その政治家の名前をききたい。十一年前の君は、誰かに頼まれて、不老ふ死温泉で、小野寺修を騙《だま》し、南村に殺させた。今度も、その時と、同じなんだろう？　君に殺人を依頼した人間の名前をいえば、君の罪は、軽くなる。いわなければ、君は、主犯ということで、重罪だ。死刑の可能性もある」

と、十津川が、脅かした。

「でも、私には、立派な、アリバイがあるわ。今回の殺人事件に関していえば、そこにいる若い、津村刑事さんが、私のアリバイを、証明してくれるはずよ」

小倉真紀が、叫ぶように、いった。

その言葉で、津村は、怒りを、爆発させた。

「あなたは、十一年前の、小野寺修の殺人の時も、今回の浅野由紀の殺人にも、私を利用したんだ。たしかに、今回の場合、あなたは、ずっと私と、一緒にいた。だから、一見、あなたのアリバイは、しっかり成立しているように思える。しかし、今回の『リゾートしらかみ』を利用した殺人計画はあなたが立て、自分の店でバーテンをやっている南村に命じて、浅野由紀を殺させたはずだ。いわば、あなたのほうが主犯で、南村は、共犯ということになってくる。今回は参考人だが、事実をちゃんと話さないと、あなたも、殺人容疑で逮捕されることになるぞ」

三時間近く経って、弁護士が、捜査本部に顔を、出した。

弁護士の名前は、皆川昭夫《みながわあきお》、六十五歳。十津川が、時々顔を合わせ、やり合っている相手である。

したがって、皆川弁護士の性格は、十津川にも、よく分かっていた。そこで、まず一撃することにした。

「今回の事件は、政治絡みですよ。十一年前の郵政民営化が、今も、尾を引いています。したがって、あなたが、あの二人を変に弁護すると、先生は政治家の恨みを買って、厄介《やっかい》なことになってしまいますよ」

それにつけ加えるように、亀井が、横から、いった。

「あの二人は、十一年前と今回と、二人の人間を殺していますがね、両方とも政治家に頼まれての、殺しなんですよ。そのことも考えた上で、先生のほうから、二人を、説得してくれませんか？　ヘタをすると、あの二人は死刑になる、恐れがあります。正直に何もかもしゃべってくれれば、絶対に、死刑にはなりませんがね」

十津川の脅しが効いたのか、弁護士を呼んでくれといったまま、黙秘していた南村が、十津川に向かって、

「きいてほしい話があります」

と、いい、十一年前の事件のことから、少しずつ話を始めた。

第六章　政変

1

おそらく、小倉真紀は、事件の真相については、何も知らないというだろうと、十津川は、思った。彼女は、十津川の尋問に対しても、全てバーテンの南村が、勝手にやったことだと主張して、その主張を変えようとはしなかったからである。

十一年前の事件の時も、小倉真紀は、自分はただ、不老ふ死温泉に泊まっていた小野寺修に誘われたので、出かけていっただけで、小野寺修が、殺されたことには、自分は何の関係もないと主張した。

そして、今回の事件についても、同じようにいう。バーテンの南村優が、ひとりで計画し、強引に一緒に、五能線に乗ってきたのであって、南村優が、五能線の蜃気楼号のことを知っていて、それを巧みに利用して、殺人を実行したことも、自分は全く知らなかったという。

自分は、津村と一緒に、旅行を楽しんだだけだと主張する。

南村の女装についても、このバーテンは時々、ひょうきんなことをやって、若いホステスたちを、喜ばせたりしているので、今回も、そのつもりなのだろうと思って、好きにさせておいた。

十津川の尋問に対して、小倉真紀は、そういうのである。

刑事の十津川から見れば、小倉真紀のいっていることは、明らかに、いい加減なウソだと、思うのだが、そうかといって、小倉真紀が、十一年前の殺人事件に、関係しているという証拠もないし、今回も、南村優に命じて殺人を実行させたという証拠も、今のところ、つかめていないのである。

彼女の主張に反して、南村優は、逮捕されると、十津川に、取り引きを持ちかけた。

「たしかに、私は、五能線の快速列車の特殊な運行を、利用して、殺人を実行しました。それは認めますよ。しかし、私は、ある人間の命令で、今回の殺人を犯したのです。もう一つ、十一年前の殺人にも関係していることも認めますが、その時も、今回と同じ人間の命令でやったことなんですよ。もし、私の殺人を、見逃してくれるというのなら、真犯人、つまり私やママの小倉真紀に対して、二件の殺人を命じた人間の名前を、十津川さんに、教えますよ。どうですか？　そのほうが、刑事の十津川さんにとっても、大きな手柄になるんじゃありませんか？　私なんかを捕まえたって、私は、ただの、小物じゃありませんか。真犯人は、今でも、悠々と、手足を伸ばして、平然と歩いているんですよ。どうでしょう、そのことをよく考えて、私と、取り引きをしませんか？」

と、南村は、十津川に、提案してきたのである。

「君が、何を考えているのかは分からないが、残念ながら、日本の警察は、海外の警察とは違う。われわれは、取り引きなんかしないんだ」

十津川が、厳しい口調で、きっぱりといっても、

「それは、いわゆる、建前というやつじゃありませんかね？　本音は違うんでしょう？　それに、私とは、取り引きをしていないということに、しておけばいいじゃありませんか。私の殺人については、証拠不十分ということにして、釈放してくださいよ。そうして、今まで表に出てこなかった真犯人を逮捕する。そうすればいいんですよ。暗黙の了解ということで、私は、余計なことは、何もいわずに、ずっと黙っていますから」

と、いう。

十津川は、呆《あき》れて、

「そんなバカなことを、できると思っているのか？　だとしたら、君は甘すぎるぞ」

「そうですかね。何のために、警察があるのか、それを考えたほうがいいと思うんですけどね」

と、南村が、いう。

「どんなふうに考えると、いうんだ？」

「いいですか、私を捕まえて刑務所に放り込んだって、この世の中、少しもよくなんか、なりませんよ。その点、私が名前を明らかにする真犯人を、逮捕すれば、間違いなく、この日本は、ずっとよくなります。それは、私が保証しますよ」

「どうして、そんなふうにいえるんだ？」

「私と小倉真紀に、殺人を命令した、真犯人というのは、現在の日本の中で大変な力を、持っている人物ですからね。いわばドンなんですよ。ですから、その真犯人を逮捕すれば、日本の未来が、大きく、変わってくるはずです。その点をよく考えてくださいよ。日本の未来が変わるのか、それとも、虫けらのような、どうでもいい男を刑務所に放り込むことになるのか。私のことなんか、誰もすぐに忘れてしまいますよ。もちろん、私を、逮捕したって、日本の将来は、全く変わりません。高いところから見れば、はたして、どっちがいいのか、そんなことは、考えてみるまでもないことでしょう？　どうです？　刑事さんなら、小の虫は見逃して、大の虫を捕まえるほうがいいんじゃありませんか？　日本の未来が変わっていくほうが面白いんじゃありませんか？」

と、南村は、いいつのる。

十津川は、最初のうちこそ、笑いながら、南村の話を聞いていたが、次第に腹が立ってきた。

「いいかね、これだけは、はっきりいっておくぞ。われわれ警察は、どんなことがあっても、君を殺人容疑で、逮捕する。小倉真紀も同じだ。そして、今、君がいった、十一年前と今回の二回にわたって、殺人を命じた人間も、われわれの手で必ず見つけ出して、逮捕する。絶対に見逃したりはしない」

十津川の口調は、次第に、激しくなった。

それでもなお、南村は、

「そうですかね。そんなにくそまじめに考えずに、私と、取り引きをしたほうが、事件の解決も早くなりますよ」

と、呑気《のんき》な口調で、いった。

2

その日の夜、十津川は、津村と二人、三上刑事部長に、呼ばれた。

「逮捕した二人の様子は、どうだ？　大人しく取り調べに、応じているのか？」

と、まず、三上刑事部長が、きいた。

「小倉真紀のほうは、何をどう聞いても、私は、一切関係ありません。バーテンの南村が、一人で勝手にやったことだと、それしかいいません。南村のほうは、いきなり、こちらに取り引きを、申し入れてきました。われわれが、その取り引きを、喜んで受け入れるものと、南村は、頭から思っているようなので、腹が立って仕方がありません」

と、十津川は、正直に、いった。

「南村は、いったい、どんな取り引きを持ちかけてきているんだ？」

と、三上が、きく。

「南村の話によると、今回の事件は、自らの意思ではなくて、ある人間に命令されて、それで仕方なく殺人を実行した。その真犯人の名前を警察に教えるので、実行した、自分の犯行については目をつぶってくれないか、というのです」

「なるほどね。予想した通りだ。それで、君は、何と答えたんだ？　取り引きに、応じるといったのか？」

「そんなことは、いっておりません。腹が立ったので、われわれ警察は、絶対に、取り引きをしない。お前を起訴して、必ず刑務所に送ってやるし、お前に殺人を命令した人間も、絶対に、見つけ出して逮捕する。そういってやりました」

「それで、南村は、君に何といったのかね？」

「私が、お前を絶対に、刑務所に送りこんでやるといっても、そんなことをいわずに、自分と取り引きをしたほうが、事件はすぐに、片付きますよと、しれっとした貌《かお》でいっています。そのいい方に腹が立って仕方がありません。あの南村優という男は、明らかに、警察を甘く見ていますよ」

と、十津川が、いった。

一瞬の沈黙があってから、

「実は、南村がいってきたという、取り引きのことなんだがね」

三上が、急に、声をひそめるようにして、いった。

「その取り引きなんだが、私は、それに、応じようと思っているんだ」

と、三上が、いう。

その言葉に、十津川は驚いて、

「ちょっと、待ってください。そんなことをしたら、日本の警察は、これから先も、ずっと、甘く見られてしまいますよ。とにかく日本の警察は、犯人とは、一切の取り引きをしない、そのことが、自慢ですから」

「そんなことは、君にいわれるまでもなく、私にも、分かっている。だから、表立って取り引きをしろといっているんじゃないんだ」

と、三上が、いう。

十津川が黙っていると、三上は、言葉を続けて、

「何も、南村優と、取り引きをするわけじゃない。だが、こちらの捜査で、真犯人が見つかり、南村優と小倉真紀の二人が、その真犯人の命令によって殺人を実行したということが、明らかになったら、情状酌量して、刑期を軽くする。しかし、今もいったように、取り引きをしたわけではない。全て、こちらの捜査で、真犯人を見つけ出した。そういうことにすればいいだけの話だ」

と、三上が、いった。

十津川は一瞬、三上刑事部長の言葉を聞き間違えているのではないかと、思った。三上刑事部長の言葉は、それほど、十津川を驚かせたのだ。

アメリカなど外国の例を見ると、やたらに犯人と、取り引きをしている。その取り引きによって、小さな虫は、逃がすが、大きな虫は捕まえる。それで正義は守られるし、解決は早いという考え方なのだろう。

しかし、日本の警察は、今まで一度も、犯人と、取り引きしたことはないというのが、自慢だった。

一瞬、言葉が出ずに十津川が黙っていると、三上が、いった。

「もう一度いうが、表立って取り引きをしろというんじゃないんだ。普通の捜査の結果として、真犯人に行きつくことができた。そういうことに、すればいい。南村というバーテンのほうは、真犯人に、命令されて殺人を実行したのだからということで、情状酌量して、短い刑期にすればいい。だから、何回もいうが、形としては、取り引きはしないんだ」

「一つだけ、質問させてください」

やっと、十津川は、声に出して、三上に、いった。

「構わんよ。疑問があれば、何でも、聞きたまえ」

「今、部長のいわれた取り引きではない取り引きというのは、上のほうからの、指示でしょうか？」

と、十津川が、きくと、三上は、キッとした顔になって、

「そんなことを、私が、君にいえるはずがないだろう」

「それでは、今日から二日間、私に時間をくださいませんか？」

「今日から二日間か。まあ、いいだろう。その間に、今、私のいったことをよく考えておいてくれ」

と、三上が、いった。

3

津村は、十津川と三上刑事部長のやり取りを、聞いていたが、一言も、自分の意見をいわなかった。

十津川は、捜査本部に戻ると、部下の刑事たちを、集めて、自分の考えを伝えた。

「三上刑事部長は、今日から二日の間に、バーテンの、南村優やママの小倉真紀に命令した、真犯人を見つけ出して逮捕しろといわれた。そのためには、南村優と、取り引きしても仕方がないともいわれた。しかし、私には、そういう考えは、一切ない。犯人と取り引きするようなことは、しないということだ。そこで、君たちにお願いしたいことがある。小倉真紀とバーテンの南村優のことを、徹底的に調べるんだ。二人が、どんな関係なのか、いつから六本木でクラブを、やっているのか、どういう客が、小倉真紀のやっている『まき』という店に、よく来ているのか、とにかく、ママのことや、バーテンのことを、徹底的に調べてくれ。二日の間にだ」

と、十津川は、指示した。

4

とにかく、十津川たちに、与えられた時間は、二日間だけである。

その代わり、十津川は、小倉真紀とバーテンの南村優を、勾留《こうりゅう》したまま帰さないことにした。釈放すれば、捜査を、邪魔するに決まっていたからである。

刑事たちの必死の聞き込みによって、少しずつ情報が集まってきた。

まず分かったのは、ママの小倉真紀とバーテンの、南村優の過去である。

今から十二年前、小倉真紀は、六本木に、自分の店を持つことになった。

バーテンの南村優は、小倉真紀がママになった六本木の店で、バーテンとして働くことになった。

小倉真紀が、銀座の大きな店のホステスから、小さいながらも、六本木に店を持って独立したことについては、どうやら、金銭的に、援助した人間がいたらしいことも分かった。その援助者、いわゆる、パトロンの持っていた権力と、財力のお蔭《かげ》で、小倉真紀は、独立できたのである。

また、バーテンの南村優とは、以前、一時だが、同棲《どうせい》していたことが、あったらしいことも分かった。

しかし、パトロンについて、小倉真紀本人は、一度も口にしたことはないという。店で働いているホステスたちも、

「ママから、そんな話はきいたことがない。パトロンがいると思うが、それが誰なのかは知らない」

と、いうのだ。

そのパトロンの権力と、財力のお蔭で、小倉真紀の、店には、大会社の社長や財界人、政治家たちが、よく来るようになった。

十一年前に殺された小野寺修も、その中の、一人だったが、小野寺は、小倉真紀の店に通っていた常連客の中では、一頭地を抜いていた。金遣いも派手だったし、実業界、政界には、いわゆる金ヅルとして小野寺修の味方をする者も多かった。

小野寺修が、小倉真紀に、いわゆる、パトロンがついていたかどうかを知っていたかは、

分からない。

しかし、小野寺という男の性格を考えると、知っていたと、考えるべきだろう。たぶん、小野寺は、彼女の気持ちを、自分に、向けさせることを楽しんでいたようにも思える。

十津川は、小倉真紀のクラブに通っていた常連客の実業家、政治家、芸能人について、全員の名前をつかめと、命令した。

三上に直接聞いても、曖昧《あいまい》な答えしか返してくれないとわかっているので、十津川は、勝手に、想像をたくましくして、亀井刑事と話し合った。

「警部は、どこかから、三上刑事部長に、圧力がかかったと考えているんですか？」

と、亀井が、きく。

「そうだよ。何らかの圧力がかかっていると考えて、まず間違いないと思っている」

「警部には、どの辺りから、圧力がかかっているのか、大体の想像はついているんですか？」

「しっかりした証拠が、あるわけじゃないが、現在の内閣の、副総理で、財務大臣を務めている、片山信一郎あたりではないかと思っている」

と、十津川が、いった。

「どうして、そう思われるんですか？」

「十一年前のことを、考えたんだ」

「十一年前？」

「そうだ、十一年前だ。あの頃、郵政民営化の問題が政界に広がっていた。その時、片山信一郎は、当選三年目ながら期待の有力代議士で、郵政民営化に賛成の立場を明らかにしていた。いや、単なる賛成者というよりも、もっとも強力な、推進者だったというべきかもしれない」

「思い出しました。たしかに、そうでしたね」

「あの時、郵政民営化に反対の立場をとっていた小野寺修が、勝っていれば、片山信一郎の現在は、なかったろう。財務大臣にも、なれなかっただろうし、副総理にもなれなかっただろう。もちろん、片山信一郎が、小野寺殺しに、関係している証拠はないが、彼の意を受けて、小倉真紀と、南村優の二人が動いて、あの日、不老ふ死温泉の露天風呂で、小野寺修が殺され、その結果、郵政民営化の賛成派の片山信一郎などが、勝って、現在、彼は、ついに、財務大臣兼副総理になっている。だから、いくら考えても、三上刑事部長に、圧力をかけてきた人間としては、財務大臣の片山信一郎しか、思い浮かばないんだ」

「しかし、三上刑事部長は、なぜ、こんな思わせぶりな話をしたんでしょうか？」

「十一年前の、不老ふ死温泉での殺人事件は、今は、小倉真紀とバーテンの南村優が、二人でやったことだと、思っている。ただ、小倉真紀のほうは、南村のように、私に対して取り引き話を持ちかけてきていないから、たぶん、自分たちに小野寺修殺しをやらせたのが誰なのか、はっきりとは、分かっていない可能性がある。その点、南村のほうは分かっているから、私に取り引きを、持ちかけてきたんだ」

「それで、三上刑事部長は、どうしろといっているんですか？」

「一言でいえば、善処しろといっている」

「善処ですか」

「ああ、そうだ」

「しかし、南村は、殺人容疑で起訴されたら、真犯人の名前を、マスコミに、しゃべってしまうかもしれませんね。その代わり、何とかして自分の刑を軽くしてくれたら、真犯人の名前は、絶対に口外しない。おそらく、南村は、そういうことが、いいたいのではないかと思いますよ」

と、亀井が、いった。

「おそらく、カメさんのいう通りだろう。だから、部長のいう取り引きは、南村優の罪状を軽くして、できれば、彼に真犯人の名前を口外させないようにする、そういう要請が上からきているからに、違いないんだ」

「しかし、それは意外に難しいかもしれませんよ」

「どうして？」

「南村優の罪状は、十一年前に、不老ふ死温泉の露天風呂で、小野寺修を殺し、そして今回、女性に化けて五能線の蜃気楼タイムを巧みに利用して、女性を殺したという、この二件でしょう？　普通にいえば、死刑か、無期懲役ですよ」

「まあ、そうだろうね」

「それを、南村が満足できるくらいの刑の軽さにしてしまえば、南村も、真犯人の名前をいわないでしょうが、五、六年の懲役で刑務所に、放り込んでも、結局、真犯人の名前を、口にしてしまうんじゃありませんか？　どのくらい刑を軽くしたら、真犯人の名前を、いわないのかが、分かりませんし、といって、あまりに刑を軽くしすぎたら、われわれ警察が、世間から批判されて、こちらの立場が、怪しくなってきてしまいます。したがって、今回の、この話は難しいと、私は、そう申し上げたいのです」

と、亀井が、繰り返した。

「なるほど。カメさんのいうことももっともだな」

と、いった後で、十津川は、

「南村の弁護士が、来ているから、軽く当たってみよう」

と、いった。

5

十津川は亀井と二人で、南村の弁護士の皆川に、警察署にではなく、わざと、町のカフェに来てもらった。警察署の中で、話を聞くより、カフェのほうが、本音を聞けるのではないかと思ったからだ。

「南村優は、本当のところ、何を、望んでいるんですか?」

十津川は、コーヒーを飲みながら、皆川弁護士に、きいてみた。

その質問に対して、皆川弁護士は、笑って、

「南村だけではなく、どんな容疑者でも望んでいることは、決まっています。たった一つしかありません」

「それは何ですか?」

「刑期の、短縮ですよ」

「南村優も、それを、望んでいるということですか?」

と、今度は、亀井が、きいた。

「もちろん、そうですよ。殺人は認めてしまっているから、ほかに望むことなんかないでしょう」

と、皆川弁護士が、いう。

「しかし、南村は、十一年前と今回とで、すでに、二人の人間を殺していますからね。それに、うちの、津村刑事の両親も、南村が殺した可能性がある。そうなれば、全部で、四人もの人間を、殺していることになりますから、起訴されて、裁判になれば、死刑になることは、まず、間違いないでしょうね。南村が望んでいるような取り引きは、まずできませんよ」

と、十津川が、いった。それに対して、

「たぶん、津村刑事の両親を殺したのは南村ではないと思います」

「なぜ、そう思うのですか？」

「南村は、津村刑事の両親の殺人については、私に対して、一言も話さないからです。もし、彼がやったのなら、そのことを、私にだけは、正直に、話すでしょう。それに、私のほうから触れた時に、自分がやったのではない、自分には、しっかりしたアリバイがあると、そういっていましたからね。事件とは関係がないと思いますね」

と、皆川弁護士が、いった。

「津村刑事の両親殺しには、本当に関わっていないと、皆川弁護士は、思われますか？」

と、十津川が、重ねて、きいた。

「私は、南村とは、古い付き合いになりますから、彼のしゃべり方で、それが本当か嘘《うそ》か分かります。私が見たところ、津村刑事の両親を殺した犯人は、南村では、ありませんね。断言してもいいと思いますよ」

と、皆川弁護士が、いった。

（そうなると、いったい誰が、津村刑事の両親を殺したのだろうか？）

十津川は、口の中で、小さくつぶやいてみた。

津村刑事の両親を、どこの誰が、殺したのか、今も容疑者さえ浮かんでこない段階だが、犯行の動機は分かる。

十一年前、津村刑事がまだ高校生だった時、不老ふ死温泉に、泊まっていて、小野寺修の殺人事件に遭遇した。

最初、高校生の津村は、犯人ではないかと、警察に、疑われた。

その後の捜査で疑いは晴れたが、小野寺修殺しについて、彼が、何か知っているのではないか？　気がついているのではないか？

犯人は、そうした不安があるので、脅しの意味で、津村刑事の両親を、殺したのではないかと、十津川は、見ていた。

「皆川さんに、一つ、お願いがあるんですがね」

「どういうことでしょう？　ただ、これだけは、はっきりと、申し上げておきますが、あなたは警視庁の警部であり、私は弁護士です。その立場上、十津川さんに協力できることと、できないことがありますよ。もちろん、そのことは、ご理解いただけますよね？　そうでなければ、お話をお聞きすることはできません」

と、皆川弁護士が、いった。

「もちろん、そのことは、よく分かっていますよ。しかし、どうしても、皆川さんに、協力していただきたいことが、あるのです」

と、十津川が、構わずに、いった。

「ご協力できるかどうかは分かりませんが、一応、十津川さんの話というのを、お聞きするだけはお聞きしましょう」

と、皆川弁護士が、応じた。

「南村優は、逮捕された時、突然、私に向かって、取り引きを、申し入れてきたのですよ。なぜ、そんなことをしたのか、私は、南村優の真意が、知りたいのです。弁護士のあなたには、そのことを、話しているかもしれませんから、もし、きいているのなら、私に話してもらえませんか？　正直いいますと、南村優の扱いに、苦労しているのです。彼が、二人が殺害された事件に、どんな形で関与しているのか、また誰の指示によるものなのか、そうだとすると、殺しで、いったい、どのくらいの、報酬を得たのか、それが分かったら、教えてもらいたいのです。そうすることが、南村優のためにもなると、思っているので」

と、十津川は、いって、わかれたのだが、皆川弁護士の答えは、なかなか返ってこなかった。

一方、逮捕した、南村優を起訴するのなら、一刻も早く送検するようにと、検察が、催促してきた。

たしかに、逮捕してから時間が経っている。このままでいくと、十津川は、検察から、誤認逮捕したのではないかと、批判されそうである。

十津川は、再度、三上刑事部長に呼ばれた。

十津川が、刑事部長室に入っていくと、三上から、

「先日、私が、話したことは、考えてくれたかね？」

と、きかれた。

「南村優は、十一年前の殺人事件と、今回の殺人事件について、起訴できます。しかし、そうなると、普通に考えれば死刑か、軽くても、無期懲役の判決が下される、可能性があ

ります。そうなった時、南村優は、法廷で、自分たちに殺人を命令した人間、つまり、真犯人の名前を、口にする恐れがあります。私は一向に構いませんが、部長は、何か、お困りになることがあるんですか？」

十津川は、単刀直入に、きき返した。

「今は、まだ話せん」

と、三上が、いう。

「南村優を、逮捕してから、時間が経ち、早く殺人容疑で送検するように検察からいわれています。彼を起訴できれば、小倉真紀も、その共犯として起訴できます。なるべく早く、起訴に持っていきたいのですが、いつなら、よろしいんですか？」

と、十津川は、きいた。

「あと一週間必要だ」

「一週間後になると、何か変わるんですか？」

「それは、私にも、分からないな」

と、三上が、いった。

その言葉を、十津川は、信じなかった。何も分からずに、一週間待てとは、いわないだろう。

「送検を、これ以上、遅らせると、誤認逮捕だったのではないかと、いわれかねません」

「それなら、証拠固めを、慎重にやっているのだと、いっておきたまえ」

と、三上は、いう。

6

それでも、誤認逮捕の噂は、流れてきた。

殺人容疑で逮捕したが、証拠不足で、あわてているのだ、という噂である。それに対して「慎重に証拠固めをしている」と答えても、

「警察は、逮捕してから、誤認逮捕に気づいたらしい」

という声まで、聞こえてきた。

あまりにも、そんな声が大きいので、記者に追いかけられるのが嫌で、十津川は、ひとりで、不老ふ死温泉へ向かうことにした。

ここなら、何かの時には、十一年前の殺人事件の証拠を調べに来ていると、弁明できるからである。

十一年前、小野寺修が、泊まった部屋を指定して、泊まった。

窓から、海の見える部屋である。

部屋も改修して、きれいになっていた。十一年前の事件の記憶は、もう、仲居の頭の中にしか残っていない感じだった。

それを確認するつもりで、夕食のあと、仲居に、

「もう誰も、十一年前の事件のことは、忘れてしまって、口にする人もいないんだろうね？」

と、きくと、

「そうですねえ」

と、古手の仲居は、肯《うなず》いてから、

「強《し》いていえば、この部屋の床の間の書でしょうか」

と、いう。

眼をやると、そこには、太い字で書かれた書が、掛かっていた。

〈不動心〉

と、書かれていた。

署名は、「三原信也《みはらしんや》」である。

五月五日とあるが、何年かは、書かれていなかった。

「三原信也というと、今の総理の三原さん？」

「そうです」

と、仲居は、いう。

「いつ頃、書いたんだろう？」

「うちのオーナーの話だと、三原さんが、総理になる前だそうですよ。今から、三年くらい前だといっていました」

「じゃあ、三年前の五月五日に、三原さんは、この部屋に泊まっていったんですね？」

「そうです。奥さまと一緒に来られて、連休をここで、過ごされたんです」

「その時、三原さんは、総理ではなく、何だったんですかね？」

十津川が、きくと、仲居は、今度は、この旅館の社長を、呼んできた。

その社長が、十津川の質問に、答えてくれた。

「三原先生は、三年前のあの時は、外務大臣だったと思いますよ。与党内の最大派閥のリーダーだったと思いますね。ちょうど、総理大臣が、任期を終えて、退《しりぞ》くので、新しい総裁を決める与党内の選挙があって、その人が次の総理大臣になる時でしたね。東京にいると、落ち着けないといって、ご夫妻で来られて、三原先生は、ここから電話で、いろいろと、指示を出されていましたよ」

「それで、三年前に、三原さんは、総裁選に勝って、総理大臣になられたんですね？」

「そうです。その後、いらっしゃった時にこの不老ふ死温泉は、縁起がいいといって、喜んでおられたのを、覚えています」

「その時にもまた、この部屋に、お泊まりになった？」

「そうです」

「しかし、この部屋は、十一年前に、小野寺修さんが、泊まった部屋でしょう？　三原さんは、そのことを、知っていたんですか？」

と、十津川は、きいた。

十一年前の、小野寺修は、郵政民営化に反対。一方、三原の方は、賛成、というよりも、郵政民営化は、必ず実行すると、テレビで主張し、新聞にも発表していたからである。

そして、勝利した。

その時の貢献が生きて、三年前の総裁選でも勝って、新首相になっている。ちなみに、対抗馬は、かつて小野寺修が強力に推《お》していた、同じ与党の幹事長の野原厚《のはらあつし》だった。もちろん、野原は、郵政民営化には、反対だった。

つまり、十一年前、与党内は、二つに割れていたことになる。

その上、心臓にペースメーカーを入れていた総裁で、首相の小菅功一郎《こすげこういちろう》が、身体の不調を訴えて入院したが、そのまま、急逝してしまったのである。

したがって、与党としては、新しい総裁を決め、総理大臣に推し、その上、郵政民営化について、結論を出す必要に迫られていた。

難しい舵取りが、要求されていたのだが、逆にいえば、郵政民営化の攻防に勝った側が、新しい総裁を出し、総理大臣を出すという、簡単なゲームでもあった。

その帰趨《きすう》を握っていたのが、小野寺修だったということになる。

そんな事実を考えながら、十津川は、床の間の掛軸を眺めていた。

「ここには、十一年前に、小野寺修さんも泊まりに来ていますね。露天風呂で亡くなった時ですよ。あの時、彼にも、何か書いてもらったんじゃありませんか？」

と、十津川は、社長に、きいた。

「もちろん、お願いして、書いてもらいましたが、あんな形で、亡くなられてしまったので、すぐ、外してしまいました」

と、いう。

「それを、見せてくれませんか」

と、十津川が、いった。

社長が、奥から持って来たのは、高価な感じの箱に入った掛軸である。広げてみると、激しい筆跡で、次の言葉が、書かれていた。

〈先手必勝　小野寺修〉

とあり、日付は、十一年前、亡くなる二日前になっていた。

「実は、小野寺先生は、同じものを、何本も書かれていたんです」

と、いう。

「なぜですか？　同じものを何本も書くというのは？」

「あの時、先生は、ここに、特定郵便局長を呼ばれていたんです。何人来れば、こっちの勝ちだとかいわれて、その数だけ書くんだといわれていたんです」

「同じ言葉ですか？」

「これが、小野寺先生の座右の銘だといわれていました。それで、さっそく、この部屋に飾らせていただいたんですが、突然、あんなことになってしまったので、すべて外して、倉庫にしまってしまいました」

「それで、今は、三原首相の書が掛けられているわけですね」

「そうです。三年前に、三原先生がこられたので、お願いして、書いていただきました」

と、社長は、いった。

十津川は、皮肉な気がした。

十一年前の、あの時は、小野寺修と、三原信也の争いでもあったが、「先手必勝」と「不動心」の争いだったのかもしれない。もっと、皮肉をこめていえば、陰謀と陰謀の戦いだったといえるし、それは、まだ解決していない。

十津川が、ひとりになって、三原の書いた掛軸を見ていると、東京から、電話が、入った。

亀井からだった。

「三上部長が、警部を探しています」

と、いう。

「用件をきいたか？」

「これは、まだ発表されていませんが、三原総理が、総理の椅子を降りることになると、三上部長は、いっていました。その件で、警部に話がある、ということです」

「三原総理が、辞めるのか？　本当か？」

「刑事部長の話では、二、三日中に発表されると、いうことのようです」

「理由は、何なんだ？」

「私には、わかりません。三上部長は、知っているようですが」

「わかった。三上部長に、電話する」

と、十津川は、いった。

その日のうちに、三上部長に、電話すると、

「今、どこだ？」

と、不機嫌な声を出した。

「捜査で、不老ふ死温泉に来て、三年前に、三原総理が、泊まりに来て書かれた、掛軸を見ています」

「三原総理は、何と書かれていたんだ？」

「不動心、です」

「それは、三原総理が、総理になる前からよく書かれていた言葉だ。私も、書いていただいたことがある」

「その三原総理が、突然、辞められるときいたんですが、本当ですか？」

「明日か、明後日《あさって》には、発表がある」

「理由は、何なんですか？　十一年前の郵政民営化の時は、勝者側でしたから、何も辞めなければならない理由は、考えられませんが」

と、十津川は、いった。

「それが、辞めなければならない理由があるんだろう。明日中に、帰京してくれ。相談したいことがある」

と、三上は、いった。

「ひょっとして、今回、小倉真紀と、南村優の二人が、逮捕されたことと、何か関係があるんでしょうか？」

「とにかく、明日、話し合いたい。それから、勝手な想像で、何も喋るな。私と会うまで、口にチャックをしておけ」

最後に、三上は、それだけいって、電話を切った。

第七章　旅の終わり

1

　十津川は、小倉真紀と、南村優を尋問することにした。最初は、南村優である。十津川と亀井が、南村に対する尋問を開始した。

「君が今回逮捕された理由は、わかっているね？」

　と、十津川が、改めてきいた。

「わかっていますよ。リゾートしらかみの運行を利用して、小野寺修の元秘書、浅野由紀さんを殺した、その容疑でしょう？」

「それだけじゃない。十一年前に、不老ふ死温泉で、小野寺修を露天風呂で殺した。その容疑、さらに、津村刑事の両親を東京で殺し、放火した罪。この三つの容疑で、君は逮捕されたんだ。この三つの容疑について、是認するか、否認するか、どちらだ？」

十津川がきくと、一瞬、南村は目を閉じてしまったが、そのまま、

「否認はしませんよ。すべて、私がやったことです」

あっさりと、受け入れた。

一瞬、十津川は、不思議な気がした。十一年前の事件については認めたが、津村刑事の両親を殺した事件については、否認するだろうと思っていたからである。

「それではまず、浅野由紀殺しの件からきこう。なぜ、殺したんだ？」

「殺す必要があったからですよ」

と、南村が、いう。

「殺す必要というのが、よくわからないんだが、君自身に浅野由紀を殺す必要があった、ということかね？」

と、亀井が、きいた。

「そんなはずはないでしょう」

と、南村が、笑った。

「私とあの女とは、何の関係もない。殺す必要があったのは、ある、政治家ですよ」

「君は、その政治家に頼まれて、浅野由紀を殺したということか？」

「それもちょっと違いますね」

「どう違うんだ？」

「それは、言いたくありません」

「君は、小倉真紀が、ママをやっているクラブで、バーテンとして、働いていた。その店のホステスにきいたんだが、君は、ママの小倉真紀に、惚れていたんじゃないのかね？」

「そんなことはありません」

と、強い口調でいったが、南村は、目を閉じてしまっている。その態度に、十津川は嘘を感じた。

「君は、全ての容疑を、是認したんだ。今さら嘘をついても、仕方がないだろう？　本当のことをいった方がいいよ」

と、十津川がいうと、南村は、

「そうかもしれませんね」

と、一人で頷《うなず》き、

「そうですよ。彼女を、好きでしたよ。あの店で、働くようになってから、ずっと好きだった」

と、いう。

「すると、小倉真紀のために、浅野由紀を殺したのか？」

「彼女が、ある政治家に、頼まれていたんですよ。浅野由紀が、十一年前のことを喋ると困る、とその政治家が、いいましてね。それで、うちのママが、何とかするといい、それを知って、私が引き受けた。私は、すでに、何人も、殺していますからね」

と、南村が、いった。

「では、この事件についてきいていくぞ。十一年前に起きた、不老ふ死温泉での殺人事件だ」

「もう、いいじゃありませんか」

という、言葉が、返ってきた。

「どういいんだ？」

「刑事さんが並べた、殺人事件について、否定はしませんよ。私がすべてやったんです。それで、いいじゃありませんか？」

「それでいい、じゃないんだ。動機は何なのか、どんなやり方で殺したのか、すべてはっきりさせないと、事件が終わったことにはならない。十一年前、不老ふ死温泉で、君は、小野寺修を殺した。なぜ、殺したのか？　あるいは誰に頼まれたのか。君自身は、別に小野寺修を殺したいとは、思っていなかったんじゃないのかね？」

「ですから、もう、いいじゃないかと、いっているんですよ。私が殺したんです。殺したかったから、殺したんです。それでいいじゃありませんか？」

「そうはいかないんだよ。あの時、現場には、小倉真紀と、もう一人、高校二年生の津村進が、いた。その頃、君はすでに、小倉真紀の店で、働いていたんじゃないのかね。十一年前だよ」

「すべて、もう捜査済みなんでしょう？」

「もちろん調べたがね。直接君の口からききたいんだ。彼女と知り合って、何年目だったんだ？　十一年前の事件の頃、小倉真紀と、小野寺修は、親しかったんだろう？　それなのに、なぜ、彼女は、小野寺修を殺す手伝いをしたんだ？　それが、わからなくて、困っているんだ。君なら、それを知っているんじゃないのか？」

十津川が、きいた。

「本当に、警察は、知らないのか？」

「はっきりしたことは、わからない。知っているなら、教えてくれないかね」

と、十津川が、いった。

「刑事さんがいったように、小倉真紀は、小野寺修と、親しかった。ただ、あの頃、ママには新しい恋人ができていたんだ」

「それは、小野寺修と同じ、政治屋なのか？」

「本当に、知らないのか？」

と、南村は、小さく首をすくめて、

「当時、新人で、当選して三年目ながら、実力派といわれた代議士だ。名前は片山信一郎。今は、三原首相の下で、財務大臣兼副総理をやっている。そのうちに、総理大臣になるんじゃないかと思われている、若手ではピカイチの政治家だ」

と、いった。

十津川は、尋問を一時中止し、南村の言葉で疑いが深まった片山信一郎の写真と、彼について書かれたものを、集めることにした。

集められた写真を見ると、確かにイケメンで、さわやかな感じである。週刊誌にも何回か載ったし、その週刊誌の一つも、手に入った。「期待の政治家・片山信一郎　将来の総理候補」という見出しになっている。何年か前の、総選挙の時の写真である。女性たちに囲まれて、ニッコリとしている片山信一郎の写真の下に、「女性に人気、同時にそれが、心配でもある」と書かれていた。

週刊誌の写真の中には、彼が、小倉真紀の店で飲んでいる写真も、載っていた。それを持って、南村に対する尋問を、再開した。まず、南村に、片山信一郎の写真を見せた。

「これが、君のいっていた政治家かね？」

「そうですよ」

「十一年前の、郵政民営化の時だが、その頃はすでに、片山信一郎と小倉真紀とは噂があったのか？」

「彼は、よく店に来ていましたよ。ママに惚れて、来ているんだなと思っていましたよ」

「その時、片山信一郎は、郵政民営化に対して、賛成の立場を取っていたのか？」

「そうですね。賛成派にとって、不利な状況だといって、飲みに来ていても、あまり元気がなかった。そのことは覚えていますよ」

と、いった。

「十一年前の、若い片山信一郎が、君の店に来て、飲んでいて、何を狙っていたんだ？」

「決まっているでしょう。うちのママは小野寺修と親しかったが、彼は郵政民営化に反対のドンだった。だから、何とかして小野寺修と親しくなり、彼を動かそうと考えて、毎日のように飲みに来ていたんですよ。そして、ママを相手に、こぼしていた。小野寺修さえいなければ、郵政民営化は、成功する。今のままでは、負けて、自分は政界から身を引かねばならなくなる。なぜなら、自分の親分の三原は、当時は、副総理だったが、郵政民営化に賭けているから、自分も一蓮托生《いちれんたくしょう》だ。そんなことを、毎日のように飲みに来ては、ママに、訴えていたんですよ。そのためママは、不老ふ死温泉で、小野寺修と会うことに、したんですよ。何とかして、小野寺修を説得して、郵政民営化に賛成させようとした。その説得がうまくいかなければ、死んでしまいたいような口ぶりだったし、態度でしたね。その頃私は、もうママに、参っていたから、何とか、ママを助けたくて、不老ふ死温泉に、行ったんですよ」

「それで、どうなったんだ？」

「ママと、小野寺は、不老ふ死温泉の露天風呂に入りながら、ママは、必死になって、口説いていましたよ。しかし、小野寺は笑っていましたね。女には、政治のことなんかわからない、そんな感じでした。そんな小野寺の態度を見て、無性に腹が立ちました。それで、小野寺修を、湯船の中に沈めて、殺してやったんです。捕まってもいいと思っていた。ところが、高校生の男が、その時、露天風呂に入ってきましてね。慌てて身を隠しました。警察が、そっちの方を、疑い出したので、私は無事、東京に帰ることができました。片山信一郎が、さっそく、ママに、お礼にやって来ましたよ。おかげで、自分たちの郵政民営化が成立した、そういって、あの後、二人で箱根あたりに出かけたんじゃなかったかな」

「それじゃあ、君のやったことが、成功したわけだが、そのお礼として、何をママからもらったんだ？」

「何も、もらいませんよ」

「どうして？」

「ママの笑顔が見たかっただけですよ」

南村は、キザなことを、いった。

2

「そして今年、東京で、津村刑事の両親を、殺したんだな？」

「あれは、今になると、殺さなくてもよかったかもしれません。しかし、問題の、高校二年生が成人して、刑事になったと知って、ママが、心配し始めたんですよ。郵政民営化に絡んで、問題の元高校生が、メディアに何かを発表するんじゃないか、その心配を、ママが、というよりも、片山信一郎がしていたんですよ。ママは、片山に惚れていたから、元気がなくなって、私は、そんなママを見ているのが嫌で、どうしたらいいかわからなかった。いろいろ考えて、津村という男の両親を殺せば、怖くなって、高校二年生の時の、不老ふ死温泉のことは喋らないようになるだろう。そう考えましてね。あれは、失敗でした」

と、南村が、いった。

「その後、ママの様子は、どうだったんだ?」

と、亀井が、きいた。

「元気になりましたよ。そして、また、片山と、箱根に泊まりに行きましたよ」

「つまり、君は、貧乏くじを引いた、ということか」

「いや、ママが、元気な顔で明るく振る舞ってくれれば、それで満足なんですよ」

南村の言葉に、十津川は、半信半疑だった。

「次は、浅野由紀のことだ。彼女を殺したと認めるんだな?」

と、十津川は、きいた。

「さっき、認めたじゃありませんか」

と、南村は、笑った。

「何度、念を押すんですか?」

「では、殺した理由をききたい。十一年前の、郵政選挙の時、彼女は、小野寺修の秘書をやっていた。その時に、彼女が、何をやっていたかわからないのだが、小野寺が、不老ふ死温泉で殺された時、彼女は、どこにいたんだ?」

「もちろん、東京ですよ。東京の小野寺修の事務所です」

「じゃあ、彼女は、その時、小野寺修を裏切ってはいなかったのか？」

「警部は、どう思うんですか？」

南村は、からかうように、十津川を見た。

十津川は、苦笑した。

「小野寺修が殺され、郵政民営化が成功したあと、浅野由紀は、小野寺の妻の会社の社長秘書になっている。それを考えると、小野寺を裏切っていたとしか思えない。しかし、あの時、彼女の名前は出てきてないから、その役目は、軽いものだった、と思うがね」

「いい線をいっていますよ。彼女は、小野寺修を含む、郵政民営化に反対のグループの情報を、片山信一郎に、送っていたんです」

と、南村は、いった。

「彼女の地位は、その御褒美か？」

「あれは、片山信一郎の、世話です」

「しかし、どうして、彼女を、殺したんだ？」

「どうしてですかね？」

「欲張りすぎたか？」

「いいところです。欲張り女は、誰も信じなくなりますからね」

と、南村が、いう。

「影の社長程度では、満足しなかったのか？」

「その前に、彼女に経営は、重荷だったんです。順調な経営は見せかけですよ」

「会社が、潰《つぶ》れかけたか？」

「そうです」

「それで、浅野由紀は、どうしたんだ？」

「潰れかけた会社を、片山信一郎に、買い取ってほしいといったんです。それも、高額でです」

「それで、片山信一郎は、怒って、彼女の口を封じる気になったんだな？」

「潰れかけた会社を、五億円で買い取れと要求したんです」

「その要求が通らなければ、すべてをぶちまけると、いったみたいだな？」

「片山信一郎は、若くして財務大臣になりましたが、五億円の大金なんか作れませんよ」

「それを、また君の店に来て、ママにこぼしたのか？」

「そうなんです」

「片山信一郎は、独身だったのか？」

「独身で、イケメンの若い将来性のある政治家でしたよ。未来の総理大臣候補という人もいましたね」

「なるほどね。彼を見ているうちに、小倉真紀は総理大臣夫人を夢見るようになったんだな?」

「そうでしょうね。また、同じことが繰り返されたんですよ。片山信一郎が、ママの小倉真紀に、泣きつき、真紀が同情し――」

「そして、君が、ママに、同情した、か?」

「ママも、バカだと思いますが、私もバカだと思いますよ」

と、南村が、いった。

(おかしいな)

と、また、十津川は、内心で、首を傾《かし》げた。

3

そして、小倉真紀から話をきいた。彼女がどうしても、皆川弁護士立会いのもと話をしたいというので、十津川は、それを許可した。こちらは、亀井刑事の代わりに、北条早苗刑事を同席させた。

それに先立って、弁護士が十津川に、いった。

「すでにおわかりでしょうが、一連の殺人事件について、実行者は、バーテンの南村で、小倉真紀は、無関係です。そのことをよく考えた上で、話をしてください」

その言葉に、十津川は、苦笑するより仕方なく、弁護士と小倉真紀に向かって、いった。

「南村優を尋問したところ、三件の殺人事件について、自分が、犯人であることを認めました。十一年前の、不老ふ死温泉での、小野寺修殺し、次に、津村刑事の両親を殺した件、そして、五能線の浅野由紀殺し、すべて、自分がやったもので、小倉真紀さんとは、関係ないと主張しています。これについて、どう思いますか？」

「彼は、正直にいったと思います」

と、真紀が、いう。

「本当に、そう思うんですか？」

十津川が、きくと、皆川弁護士が、

「他に、考えようは、ないでしょう」

「南村は、真紀さんに惚れていて、彼女をかばって、すべてを、自分のやったことだと、嘘をついているのではないか。そんなふうにも、考えられますがね」

「それは、考えすぎですよ」

と、皆川が、いい、真紀は、

「南村が、私に気があるのは、知っていましたが、それで、殺人を引き受けたとは、思えません」

「どうしてですか？」

十津川が、きくと、皆川が、

「彼は、三つの殺人事件について、すべて自分がやったと、自供しているんでしょう。四人も殺しているのだから、死刑は免れない。彼がママに惚れているとしても、死刑まで覚悟してママをかばったりはしないでしょう」

「南村優という人間は、そこまでしないということですか？」

「そうです」

「南村というのは、どういう男なんですか？　真紀さんに惚れていたことは、間違いありませんか？　これは、本人の真紀さんが答えてくれませんか」

と、十津川は、きいた。

「南村が、うちの店で、バーテンをやるようになってから、もう十二年になります」

と、真紀は、いう。

「それで、初めから、彼は、あなたに惚れていましたか？」

「彼は、いきなり、私の店に飛び込んできて、バーテンをやらせてくれと、いったんです」

「保証人は、いたんですか？」

「私も、保証人はいるのかときいたら、九州から飛び出してきたので、そんなものはいないと、いうんです。普通なら、そんな人は、信じられないので断るんですが、その時は、その正直さを認めて、雇うことにしたんです」

「それで、期待は当たっていましたか？」

「ええ。一か月後に、酔っ払いが、店内で、ナイフを持って暴れたときは、左腕を負傷しながら、ホステスを助けてくれました」

「それで、彼に惚れたんですか？」

十津川は、ずばりと、きいた。

真紀は、微笑して、

「頼もしい人だな、と思いましたけど、惚れたのとは違います」

「どういうことですか？」

「男の人って、私は、二通りあると思うんです。だらしなくて、いつも困らせるけど、二人で会うと、つい、抱かれたくなる男と、きちんとしていて、頼りになるんだけど、なぜか抱かれたいとは思わない。そんな男と、二通りあると思ってるんです」

「南村は、頼りがいはあるが、抱かれたくはない男だというわけですか？」

「彼には、申し訳ないなと、思っているんですけど」

と、真紀は、いう。

「それで、今回の事件ですが、浅野由紀さんを殺したのは、南村だとわかっているんです。ただ、彼が一人で勝手に殺したのか、それとも、誰かの指示で殺したのか、それを知りたいと思いましてね」

「南村は、どういっているんですか？」

と、皆川弁護士が、きく。

「真紀さんのことは、まったくいっていませんが、片山信一郎という政治家の名前を、口にしました。ご存知ですか？」

「私は知っていますが、ママは知らないでしょうね」

「どうですか？」

と、十津川は、真紀に、目を向けた。

「お名前は、知っています。私の店には、若い政治家の方たちが、よく飲みに来ていますから、その中に、いらしたかも知れません」

「南村の話によると、片山信一郎は、十一年前の、郵政民営化の時、小野寺修さんとは、反対の派にいて、必死で民営化に賛成の旗を振っていたといっています。その片山信一郎の指示で、反対派のドンみたいな小野寺修を殺したと、いっているんです」

「それは、よっぽど片山信一郎という人に強く命令されたんでしょうね。そうでなければ、南村は、簡単に人殺しなんかしませんから」

と、真紀は、いう。

「実は、南村は、こう告白しているんです。郵政民営化に賛成で、そのために動いていた片山信一郎は、小野寺修の力があって、負けそうだと、ママの真紀さんに嘆いた。それをきいて、ママが困っていることに同情して、小野寺修を殺したと告白しているのです。ママが喜ぶのを見たかったと、いっているのです」

「それで、私は、困ってしまうんですよ」

と、真紀が、いう。

「どう困るんです？」

十津川が、すかさず、きく。

「確かに、片山さんという若い政治家が、飲みに来て、時々、嘆いていたのを思い出しました。でも、私は政治には、関心がないんです。たぶん、南村は、私が、若い政治家に同情していると、決めつけたんでしょうね。勝手に決めて、私を喜ばせるために、小野寺さんを殺してしまったんですよ」

「それでは、あの頃、あなたは、郵政民営化に賛成だったんですか？」

十津川が、きくと、真紀は、笑って、

「私は、政治には、興味はありません」

「しかし、結果的に、小野寺修を裏切って、南村に、殺させたわけでしょう？　それで、郵政民営化が達成されたみたいなもんですよ。当時、政治というか、政界を動かす力を持っていた小野寺修という怪物を、あなたが、消してしまったんだから」

「それは、南村が、勝手にやったことで、私は知りませんよ」

「私たちは、そうは見ていませんよ」

と、十津川は、真紀の顔を、しっかり見つめて、いった。

「あなたは、少なくとも、南村の共犯者だと思いますよ」

十津川の言葉に、今度は、皆川弁護士が、割りこんできた。

「その言葉は、訂正してください。真紀さんは否定しているんだ。南村自身も、勝手に殺したんだと、いっているわけでしょう？　それなのに、共犯者扱いは、やり過ぎでしょう。訂正していただきたい」

と、いう。

「しかし、南村は、十二年間、小倉真紀さんの店で、バーテンとして働いているわけでしょう。その間、四人の人間を殺している。真紀さんは、それを知りながら、一度も馘《くび》にしていない。これは、暗黙の共犯者だからじゃありませんか？　どうして、彼を馘にしなかったんですか？」

「答える必要はありませんよ。バーテンというのは、他人ですから、他人の行動について、答える必要はありません」

と、皆川弁護士が、いった。

「しかしね」

と、十津川は、粘った。

「小野寺修殺害の時には、真紀さんは、南村と一緒に、不老ふ死温泉の、それも、殺害現場の露天風呂にいた。四人目の浅野由紀殺しの時には、同じ五能線に乗っていましたね。これでも、まったく関係がない、といえるんですか？」

「浅野由紀殺しについていいえば、正確には、真紀さんは、津村刑事と一緒にいたんですよ。それをわすれたんですか？　もう一つの事件、十一年前の、不老ふ死温泉で、小野寺修が、殺された事件では、同じ露天風呂に、当時高校二年生だった津村刑事もいたんですよ。したがって、真紀さんと南村だけがいたわけじゃありません。もし、真紀さんを共犯者扱いするなら、津村刑事についても、共犯の可能性があると考える必要があるんじゃありませんか？」

と、皆川弁護士が、いう。

「確認しますが――」

と、十津川は、真紀に、いった。

「この三件の殺人事件について、あなたは、南村に対して、殺してほしいと頼んだことはないのですか？」

「答える必要は、ありませんよ」

と、皆川弁護士が、横から口をはさんだが、真紀本人は、

「私が、答えます。殺人のような、恐ろしいことを、南村に頼んだことは、ありません。そんなことを、他人に頼むはずがないでしょう？」

と、いった。

「南村が、勝手にやったと？」

「そうです。南村は、あとで、私に謝りました。疑わせて申しわけありませんと」

「もう十分でしょう」

と、皆川が、いった。

「警察が、真紀さんを、共犯者に仕立てあげたいのは、わかりますが、無駄な努力ですよ。そんなことは、なかったんですから。それでも、真紀さんは、辛抱強く答えました。これ以上は、何も出ませんよ。釈放してください。それができなければ、こちらが、警察を告訴しますよ」

「あと、二十四時間、真紀さんは、こちらにいていただきます」

「なぜ、二十四時間も？」

「調書を取るのに、必要ですから」

と、十津川は、いった。

「私は、かまいませんよ」

と、真紀が、いった。

皆川弁護士は、〝警察横暴〟の言葉を残して、帰っていった。

4

十津川は、今後の扱いを、刑事たちと相談した。

「小倉真紀の指示で、南村が殺人に動いたことは、はっきりしている。しかし、実行犯の南村が、全て自分の意思でやったと告白している限り、真紀を、共犯、あるいは主犯として、逮捕することは難しい。どうしたらいいか、君たちの考えをききたい」

と、十津川は、いった。

「小倉真紀を、逮捕するには、何が必要ですか？」

若い刑事が、きく。

「それを、君たちにも、考えてもらいたいんだよ」

「南村が、浅野由紀を殺したのに、五能線を利用して、アリバイを作っておいたのは、誰が考えても、南村と小倉真紀が組んでいます。明らかに、真紀が、津村刑事を使って、自分のアリバイを作ったことははっきりしています。小倉真紀を共犯として、起訴しても、負けるはずがないと思います」

「たぶん、勝てるだろうとは、私も思うが、もし、負けてしまえば、再度、共犯で逮捕することは難しくなってしまう。だから、今から二十四時間内に、負けない証拠、勝てる方法を考え出してほしいんだ」

十津川は、慎重に、いった。

「この連続殺人には、南村優、小倉真紀の二人以外に、もう一人、絡んでいますね。政治家の片山信一郎です」

と、亀井刑事が、いった。

十津川も、肯《うなず》いて、

「それは、間違いない。郵政民営化賛成の旗振りをしていたからね。小野寺修という反対派の大物がいたから、このままでは、負けてしまうと、考えていた。ところが、突然、小野寺修が、死んでしまった。結果的に、賛成派が勝利してしまった。それを考えると、片山信一郎と、小倉真紀と、南村優の三人が、関係があることは、間違いないと思っている。しかし、関係ありの証明が、難しい」

と、十津川は、いった。

しかし、南村一人を、三件の殺人事件の犯人として起訴し、他の人間を関係なしとする気は、十津川には、まったくなかった。

それでは、事件を解決したことには、ならないからである。

そこで、十津川は、三人目の関係者、片山信一郎を、ターゲットにすることにした。

「十一年前、片山信一郎は、将来性のある新人議員として脚光を浴びていた。もっと具体的にいえば、郵政民営化賛成の人たちの間では、期待の新人だった。賛成派としては、片山信一郎に期待するところが大きかったのだが、小野寺修という怪物に、敵《かな》いそうもなかった。それが、小野寺修の突然の死で、賛成派が勝利した。片山信一郎が、どう動いたかわからないが、その論功行賞として、現在、三原内閣で、副総理兼財務大臣をやっている。将来の総理候補ともいわれている。今のところ、片山信一郎が、小野寺修の死に関係しているかどうかは、わからないが、私の個人的な感覚では、関係している疑いを持っている。そこで、片山信一郎について、あらゆる情報を集めてほしい」

と、指示を与えた。

5

特に、郵政民営化問題や、小野寺修の死に関係して、片山信一郎が、どう動いたかを調べたあと、いくつかの質問を持って、十津川は、亀井と二人で、片山信一郎に、会いに出かけた。

片山とは、官邸の副総理室で会った。

郵政民営化問題で、政界が揺れてから、十一年経って、片山には、貫禄がつき、態度も自信満々だった。

十津川の質問に対し、あっさりと、否定する。自分には、郵政民営化の功労がある。今の三原内閣も自分が作ったようなものだという自負だろう。

自分が、窮地に立たされたら、三原首相が助けてくれるという、自信をもっているのだ。

「郵政民営化に負けていたら、今の三原内閣はなかった。それで、三原内閣を作ったのは、片山さんだという話をききましたが、これについて、どう思いますか？」

と、十津川がきくと、片山は否定もせず、ニッコリと笑った。

「噂でも、嬉しいですよ。日本の政界をリードするひとりと認められたようなものですから」

「そうなると、将来の首相候補といわれることにも、自信は、ありますか？」

「もちろん、あります」

「十一年前の郵政民営化の時、五能線の不老ふ死温泉で、あの小野寺修が殺されて、日本の政界も動いた。その時、片山さんは、どこにおられたんですか？」

と、十津川が、きいた。

「私は、東京にいましたよ。三原さんの傍らで、郵政民営化に賛成、反対の数字を票読みしていたんです」

「票読みして、どうしたんです？」

「負けそうな地域には、励ましの言葉と、軍資金を急送しましたよ。大変な忙しさで、あの頃は、徹夜が続いてたんじゃなかったですかね。とにかく勝ったので、ほっとしました」

「これが、その時の、党本部の様子ですか？」

と、十津川は、用意してきた写真を、片山の前に置いた。

「ああ、そうです。まさに、戦場でした」

「しかし、写真の中に、片山さんは、いませんね」

「党本部は広いから」

「実は、他に、何枚も写真を集めたんですが、どれにも、片山さんは写っていないんですよ」

十津川は、何十枚という党本部の写真を、片山の前に並べた。

自信満々だった片山の顔が、少しずつ、ゆがんできた。

「おかしいな」

と、呟く。

「この時、片山さんは、青森に行ってたんじゃありませんか？　青森の不老ふ死温泉に、です」

「なぜ、私が、そんな所に行ってなきゃいけないんだ？」

「現首相の三原さんから、命令されたんですよ。小野寺修の様子を調べに、いや、もっとはっきりいえば、小野寺修の生死を、確認するためにですよ」

片山が、小さく笑う。

「片山さん、小倉真紀さん、そして、小野寺修を殺した南村優。この三人は、小倉真紀のクラブでつながっていたんじゃありませんか」

「そんな人たちは、知らないね。名前もきいたことがない」

と、片山が、いう。

「本当に、知りませんか？」

「知らないなあ」

「それでは、この写真を見てください」

十津川は、もう一枚の写真を見せた。すべて、刑事たちが、苦労して集めた写真だった。

新しい写真には、片山を囲む感じで、小倉真紀と、南村が、写っていた。

片山は、バレたら仕方がないという感じで、

「この店に、一回か二回、飲みに行ったことがありますが、それだけですよ」

「一緒に写っている、南村さんに、小野寺修殺しを頼んだことは？」

「そんなこと頼むはずがないじゃありませんか」

「しかし、そんな噂が流れたら、内閣にとって命取りになりますね」

と、十津川が、いった。

「絶対に、そんなことはありません。三原内閣は、任期一杯、続きますよ。期待してください」

余裕を見せるつもりか、ニッコリ笑ったとき、電話が鳴った。

「失礼。首相からなので」

と、断って、片山は、受話器を取り上げた。

「それでは、失礼します。写真は差し上げますので、いつでもご覧になってください」

と、いって、十津川は、腰をあげた。

その時、彼の背中に、

「どうしたんです？　それ本当ですか？」

と、甲高《かんだか》い、片山の声が聞こえた。

それは、今までの落ち着いた声ではなかった。まるで、断末魔のような声だった。

思わず、十津川は、そこに釘付けになり、聞き耳を立てた。

「どうして、急に、辞職されるんですか？　まだ、総理のやらなければならないことが、いくらでもあるじゃありませんか？　私のことも考えてください。今まで、私は総理のために、危ない橋を渡ってきたんです。どうなるんですか？」

電話の相手は、三原首相と思われるのだが、まるで、その首相に食ってかかるような勢いなのだ。

と、思っていると、今度は、泣き声になった。

「三原さんは、私におっしゃったじゃありませんか。君とは、一蓮托生だと。だから私は、死ぬ気でがんばったんですよ。郵政民営化問題では、私たちは、負けそうだった。負けたら、三原さんの未来はないといわれた。だから、私は、危険なこともやりました。おかげで、私たちは勝ち、三原さんは、首相になった。私も副総理の椅子をいただきました。その時、三原さんは、おっしゃったじゃありませんか。君は将来の首相候補だと。その三原さんが、突然、辞められたら、私の将来は、どうなるんですか？」

「え？　私も、副総理を辞めろというんですか？　どうしてです？　どうして、私まで、辞めなければ、いけないんですか？」

「え？　お互いに危険って、何のことですか？　とにかく、すぐ行きますから、辞職するなんてよしてください。すぐ行きますよ！」

最後は、叫ぶようにいい、片山は、そこにいる十津川を突き飛ばすようにして、飛び出していった。

十津川は、奥から出てきた女性秘書に、

「片山さんは、どうしたんですか？」

と、きいた。

秘書は、硬い表情で、

「存じません」

と、いう。

「今、三原首相からと思われる電話で、辞職するとかいっていましたが、どうなんですか？」

「存じませんか」

十津川は、そのまま、官邸を出た。

捜査本部に帰ると、すぐテレビをつけた。ニュース番組が始まったのは、七、八分後だったが、十津川の期待するニュースは、でないまま、終わってしまった。

そのニュースが流れたのは、翌日早朝だった。

〈三原首相、突然の辞意表明。政界に衝撃〉

これが、そのニュースだった。

(やはり、想像した通りだ)

と、十津川は思ったが、その理由を知りたかったし、片山信一郎のことも知りたかった。

それは少しずつ、明らかになっていった。

しかし、十津川の納得できるものではなかった。

「このところ、体調がすぐれず、総理大臣の激務に自信が、持てなくなった」

これが、首相を辞める理由だった。しかし、三日前には、ゴルフで元気なところを示していたのである。

それどころか、ゴルフのあと、記者の質問に答えて、

「最近は、ゴルフをやっても疲れないし、徹夜も苦にならない。自分でも驚くほど、元気一杯です」

と、いっていたのである。

そして、昨日の深夜、片山信一郎が、自殺した。

その説明もなかったが、送検された南村優が、検事の質問に、こう答えていたことが、わかった。

「誰の指示、要請で、小野寺修を殺したのか？」

「郵政民営化問題が、真っ盛りの時で、三原さんの子分の、新人政治家で、野心満々の片山信一郎に頼まれたんだ。小野寺修がいなくなれば、勝てると片山信一郎は、読んでいたからね」

「その殺しに対して、報酬はもらったのか？」

「十分にもらったよ」

「それは、どうなったのか？」

「お定《さだ》まりで、バクチと女に使ってしまったよ」

「君は、女のために、小野寺修を殺したという噂があったのだが、それは、嘘なのか？」

「もちろん、嘘だ」

「なぜ、そんな嘘をついたのか？」

「男に頼まれて男を殺したというより、女のために男を殺したという方が、カッコいいじゃないか。まあ、男の見栄だよ」

解説

山前《やままえ》　譲《ゆずる》
（推理小説研究家）

十津川《とつがわ》警部シリーズのファンならば、一九八一年に日本推理作家協会賞の長編部門を受賞した『終着駅《ターミナル》殺人事件』での寝台特急「ゆうづる」など、東北地方を走る列車が何度となく登場していることには気付いているはずだ。そのすべてを数えようとしても、オリジナル著書が六百冊を遥かに超えた今では難しい。けれど、それがかなりの数になることは間違いないだろう。

「小説宝石」に連載された（二〇一六・五～十一）後、二〇一七年六月にカッパ・ノベルス（光文社）の一冊として刊行されたこの『リゾートしらかみの犯罪』でも、東北地方の五能線《ごのうせん》を走るリゾート列車がアリバイ・トリックの——五能線？　沿線住民や鉄道ファン以外には耳慣れない路線名かもしれない。だが、西村京太郎氏がアンケートでたびたび最も好きな路線と答えてきたと知れば、興味が湧くはずだ。

警視庁捜査一課の津村《つむら》刑事が休暇を取って、その五能線の旅を楽しんでいるとき、一緒に住んでいた両親が火事で亡くなってしまう。直接の死因は絞殺だった。疑われたのは津村だ。密《ひそ》かに東京に帰ってきた彼は十津川警部に、五能線に事件解決のヒントがあるはずだと主張する。だからもう一度行きたいと言う。十津川は納得した。津村はまた五能線に乗るのだが……。

　五能線の「五」は青森県の五所川原《ごしよがわら》から、「能」は秋田県の能代《のしろ》から取られている。ただ、路線としては川部《かわべ》駅と東能代駅を結んでいるので、ちょっと混乱するかもしれない。一九〇八年に開業した能代線がそもそものルーツで、一九三六年に全線が開通している。路線距離は一四七・二キロメートル、単線で電化はされていない。川部駅も東能代駅も奥《おう》羽《う》本線と接続している。実質的には川部駅のふたつ先、奥羽本線の弘前《ひろさき》駅も五能線に組み込まれた形で列車は運行されている。

　『リゾートしらかみの犯罪』が刊行された二〇一七年は、ＪＲ東日本にとってひとつの節目の年だった。すなわち、東北新幹線が大宮・盛岡間に開業してから三十五年、山形新幹線の東京・山形間が開通してから二十五年、秋田新幹線が開業してから二十年、だったのである。それらの高速鉄道を利用することで、東北方面への旅は格段に便利になった。その一方で、東北を走る在来線の利用客が年々減少しているのは否《いな》めなかった。

　そんな東北地方のいわゆるローカル線のなかで、五能線は頑張ってきたと言えるだろう。

日本海沿いのダイナミックな風景や、一九九三年に世界遺産（自然遺産）に登録された白神《しらかみ》山地など、豊かな自然が堪能できるレジャー・スポットをアピールして、観光客を誘ってきたからである。

観光列車の最初は、一九九〇年四月に秋田／東能代・弘前間を走りはじめた「ノスタルジックビュートレイン」だ。オープンデッキを備えた展望車と機関車を含めてのイエローの可愛らしいカラーリングが話題になった。さすがに冬季のオープンデッキは寒すぎたようだが、リゾート列車として大成功を収めた。

この「ノスタルジックビュートレイン」は一九九六年十一月に運行を終了したが、翌一九九七年三月の秋田新幹線の開業に合わせて、新たな観光列車が走りはじめる。それが全席指定の快速「リゾートしらかみ」だった。

「リゾート」を冠したジョイフルトレインの先駆けだったと言えるその「リゾートしらかみ」は秋田・弘前／青森間の運行で、「青池」「橅《ぶな》」「くまげら」と名付けられ、旅心を誘う編成に工夫がなされていた。また、車内での津軽三味線《つがるじゃみせん》生演奏などのイベントや景色のいいところでの徐行運転などサービス満点で、利用客が増えていく。取材で久々に訪れた西村氏はその賑わいぶりに驚いたという。

ただ、その観光列車が走る前から、西村氏は五能線に惹《ひ》かれていたようである。とりわけ沿線の観光地でそそられてきたのは、本書で事件現場となっている不老ふ死温泉だ。日本海に沈む太陽や満天の星といった絶景を楽しめる波打ち際の、ひょうたん形の露天風呂が人気の温泉は、西津軽郡深浦町の黄金崎にある。じつは観光客に注目されるようになったのは比較的最近で、かつては本書でも触れられているように鄙《ひな》びた湯治場だった。だが、秘湯ブームで人気が出て、今ではどの部屋からも日本海を眺めることのできるホテルが観光客を待っている。

一九九〇年に発表された短編「死体は潮風に吹かれて」では、警視庁捜査一課のベテラン刑事の酒井《さかい》がやはりその露天風呂を楽しみに訪れていた。だが、そこで待っていたのは殺人事件である。そして酒井はその事件の容疑者となってしまうのだった。ちなみに青森県にはもうひとつ不老ふ死温泉がある。津軽半島を北上する津軽線の蟹田《かにた》駅からバスで三、四十分のところにある平舘《たいらだて》の不老ふ死温泉だが、こちらも陸奥《むつ》湾を望む秘湯だ。弘前藩（津軽藩）が編纂した『津軽一統志』によれば、三百年前から温泉地として知られていたらしい。

五能線沿線には、駅のすぐそばにあるレジャー施設の「ウェスパ椿山《つばきやま》」、広戸《ひろと》駅から徒歩二十分のところにある荒々しい奇岩が印象的な行合崎《ゆきあいざき》海岸、この『リゾートしらかみの犯罪』でも舞台となっている宏大な岩棚が圧巻の千畳敷《せんじょうじき》海岸などと見所満載だ。そして世界遺産の白神山地も見逃せない。

もちろんその自然は貴重で、むやみやたらに入山はできない。太古のままの姿を保っていくためにはいろいろ制約があるのだ。しかし、十二湖駅からバスで十五分ほどのところにある「十二湖」では、大小の多彩な湖やブナの自然林を比較的容易に堪能《たんのう》できる。その十二湖駅はもともと仮停車場として設置され、やがて観光の拠点として整備されていった駅だ。

一九九二年に刊行された長編『五能線誘拐ルート』では、その十二湖駅で女性タレントが誘拐されていた。〈ルート〉をタイトルに入れ込んだ長編は十津川シリーズに多数あるが、五能線はけっしてポピュラーではなかったはずだ。そこに西村氏のこの鉄路への思いが込められていたと言える。

そして本書と対となっている長編が二〇〇六年に刊行された『五能線の女』だ。十津川シリーズではお馴染みの私立探偵の橋本豊《はしもとゆたか》が、五月末、かねて行きたいと思っていた五能線の「リゾートしらかみ」に秋田駅から乗っている。「ウェスパ椿山」の展望台から日本海や白神山地を眺めたあと昼食をとった。そして宿はもちろん不老ふ死温泉だ。海辺の露天風呂で真っ赤な夕陽がゆっくりと沈んでいくのを愛でたあと、海産物料理の夕食を堪能している。

翌日、再び「リゾートしらかみ」に乗ると、最近、素行調査の仕事のターゲットとなった人物によく似た女性を見かけて驚いている。橋本は五所川原で下車して、津軽鉄道に乗り換え、金木《かなぎ》へと向かった。太宰治《だざいおさむ》が育った建物である斜陽館や津軽三味線会館を訪れたあとで、千畳敷で他殺死体が発見されたことを知る。なんと橋本は、その事件の容疑者として、逮捕・勾留されてしまうのだ。十津川警部はかつての部下の無実を信じて奔走している。

この『リゾートしらかみの犯罪』でも十津川は、部下の津村刑事を信じている。津村は十一年前、高校生の時に、不老ふ死温泉で殺人事件の容疑者となってしまう。それは未解決だった。過去の事件が何か関係しているのではないか？　そんな津村の疑問が日本の政界を揺るがす大事件へと発展していくのである。そして「リゾートしらかみ」を利用したアリバイの謎解きが……。

二〇二〇年春のダイヤ改正後の時刻表を見ると、「リゾートしらかみ」が上下三本ずつ運行されているほか、初代の「リゾートしらかみ」を転用した「五能線クルージングトレイン」やトロッコ列車の「りんごの花風っこ号」も運行されている。いずれも季節列車だが、「五能線フリーパス」も用意されていて、五能線へのＪＲ東日本のアピールは並々ならぬものがある。

その五能線にトリックを仕掛け、政治の闇に迫っていくのがこの『リゾートしらかみの犯罪』だ。東北地方の旅情と十津川警部の大胆な捜査を堪能できるに違いない。

※初出「小説宝石」二〇一六年五月号〜十一月号
※この作品はフィクションであり、実在の個人・団体・事件・地名などとはいっさい関係ありません。（編集部）

二〇一七年六月　カッパ・ノベルス（光文社）刊

光文社文庫

長編推理小説

リゾートしらかみの犯罪《はんざい》

著　者　西《にし》村《むら》京《きよう》太《た》郎《ろう》

2020年5月20日　初版1刷発行

発行者　鈴木広和
印　刷　堀内印刷
製　本　ナショナル製本

発行所　株式会社 光文社
〒112-8011　東京都文京区音羽1-16-6
電話（03）5395-8149　編集部
8116　書籍販売部
8125　業務部

落丁本・乱丁本は業務部にご連絡くだされば、お取替えいたします。
ISBN978-4-334-79031-8　Printed in Japan

組版　萩原印刷